Réclamer sa Propriété

Un captivant roman qui explore les thèmes de l'ambition, de la famille et de la passion inattendue

Père Lolo

RÉCLAMER SA PROPRIÉTÉ

First edition. May 12, 2024.

Copyright © 2024 Père Lolo.

ISBN: 979-8224047321

Written by Père Lolo.

Also by Père Lolo

Échos de passion
Une épouse pour un milliardaire
Le Passager Clandestin
Mauvais avec l'amour
Steve du Nouvel An
Ma Violente Valentine
La Déesse de l'île
Réclamer sa Propriété

"Réclamer sa propriété" est un captivant roman qui explore les thèmes de l'ambition, de la famille et de la passion inattendue.

L'histoire suit Skylar, une jeune femme déterminée qui rêve d'une vie meilleure malgré les critiques constantes de sa riche tante, Béatrice. Lors d'une visite, Skylar rencontre Cade, un ouvrier mystérieux, et une étincelle instantanée se produit. Alors que l'histoire se déroule, les secrets émergent, révélant les manipulations de Béatrice et la lutte de Skylar pour s'en libérer.

"Réclamer sa propriété" est un récit captivant de découverte de soi, de désir et de la poursuite de son destin, offrant aux lecteurs un voyage fascinant dans le monde complexe des relations familiales et de la passion inattendue.

Chapitre 1

SKYLAR

« Je sais à quel point tu détestes y aller », dit mon père depuis le côté conducteur de son camion. "Mais elle fait partie de la famille."

"Ouais? Si elle fait partie de la famille, pourquoi ne partage-t-elle pas son argent avec nous ? C'est une multimillionnaire qui vit dans un manoir, et nous vivons dans un foutu parc à roulottes.

Mon père soupire. « Les gens ont leurs propres manières, Sky. Je ne peux pas vous dire ce que pense ma sœur.

Je regarde par la fenêtre. Pas de nids-de-poule de ce côté de la ville. C'est comme s'ils l'avaient pavé hier. «Mais elle est seule maintenant après la mort de Steve. Nous sommes tout ce qui lui reste.

La maison de tante Beatrice se trouve au bout de la rue parsemée de somptueuses maisons démodées de la Nouvelle-Angleterre, puis au bout de sa propre longue allée privée. C'est plus un domaine qu'une maison. Je pourrais les imaginer tourner un de ces drames historiques britanniques dont les gens raffolent toujours ici.

Alors que nous arrivons, je remarque une camionnette garée sur le côté de son garage pour quatre voitures. Devant l'un de ses jardins latéraux, il y a un homme – grand, en jean et débardeur blanc, debout avec une pelle sur l'épaule. Je sens instantanément la température de mon corps augmenter.

Un autre homme le prend en photo avec son téléphone.

"Qu'est-ce que c'est? Béatrice fait une séance photo ici ou quelque chose comme ça ? Je demande alors que nous sortons.

Mon père regarde et rit. « Non, c'est la nouvelle équipe au sol. Allez."

J'arrive à peine à m'en détacher. Mes yeux sont pratiquement rivés sur cet homme mystérieux pendant tout le trajet jusqu'à la porte d'entrée. Il se retourne et regarde dans ma direction au moment où mon père tourne la poignée, mais nous entrons à l'intérieur avant que je puisse apercevoir son visage.

On retrouve tante Béatrice assise dans son fauteuil préféré dans la salle d'attente, un verre de vin rouge à la main. Comme d'habitude, elle est complètement habillée dans une robe de couleur crème avec ses cheveux tirés en arrière, comme si elle était prête à aller à un gala militaire ou à dîner avec le président.

"Oh, tu es là!" remarque-t-elle. "Je pensais que tu n'y arriverais jamais!"

«Nous sommes en avance», je réponds en plaisantant.

Elle m'ignore complètement et se dirige vers mon père pour un câlin. "Comment vas-tu mon cher?"

"Fatigué. Travailler beaucoup."

« Oh, quel ennui », gémit-elle, comme si mon père avait d'autre choix que de travailler 60 heures par semaine.

Elle se tourne vers moi et relève le nez comme si elle venait de sentir un pet.

« Et toi ? Es-tu une bonne petite fille qui méritera un jour une place dans mon testament ?

Oh mon Dieu, je pense que je vais être malade.

Mon père émet un son pour me rappeler de bien me tenir.

"Bien sûr."

"C'est une bonne fille." Elle sourit en sirotant son vin. «Eh bien, entrez, vous deux. Le repas devrait être prêt maintenant !

Nous tournant le dos, elle nous conduit depuis le salon, dans le couloir et dans la salle à manger à l'arrière de la maison.

Alors que nous prenons nos places, j'aperçois l'homme de l'extérieur à travers l'une des fenêtres. Je pourrais jurer qu'il me regarde par-dessus son épaule en passant, et mon cœur s'emballe. Mais alors que son visage est sur le point de m'être révélé, il a encore une fois disparu de ma vue.

Il y a un effet persistant lorsque je regarde le cadre de la fenêtre vide, me laissant me demander ce qui vient de se passer.

Je n'ai jamais ressenti quelque chose de pareil auparavant. Il y avait quelque chose chez cet homme qui m'a pris au dépourvu, comme si j'étais tombé dans un piège à ours.

Je me sens floue et déséquilibrée et je n'en sors que lorsque tante Béatrice prend sa vieille cloche en argent à côté d'elle et la sonne. Je grimace et la regarde alors qu'elle s'assoit d'un air suffisant en bout de table.

Quelques instants plus tard, ses deux domestiques philippins arrivent avec notre brunch. Papa et moi les remercions, mais Béatrice fait comme s'ils n'étaient même pas là.

"Alors tu as fini l'école maintenant, Skylar?" demande Béatrice. Elle devrait savoir que j'ai obtenu mon diplôme il y a trois mois. J'ai l'impression qu'elle oublie la plupart de ce que je lui dis, donc je ne sais pas pourquoi elle prend la peine de demander de toute façon.

"Oui, j'ai obtenu mon diplôme en juin", je réponds alors que notre incroyable brunch arrive. Une des filles me verse même du jus d'orange sans qu'on me le demande.

« Les cinq pour cent premiers de sa classe », dit mon père avec un sourire.

« Ne te vante pas, William, » lance Béatrice. "Personne n'aime les vantards."

Je soupire de manière audible, sans même essayer de le cacher. Béatrice le remarque et se tourne vers moi, un air renfrogné sur le visage.

« Qu'est-ce que tu comptes faire de ta vie maintenant, Skylar ? Vous voulez être l'un de ces pochoirs pour la peau, n'est-ce pas ?

"Je veux être tatoueur, oui."

J'essaie toujours de minimiser l'ambition de ma vie.

Elle hoche la tête en raclant un couteau à beurre sur son muffin anglais grillé. «Je n'ai jamais compris pourquoi les gens se mettent toutes ces bêtises sur eux-mêmes. Transformez leur peau en toiles. C'est tellement étrange.

Je sens ma colère bouillonner en moi. Depuis des années, je dessine et je me forme pour devenir artiste. C'est mon rêve d'aller à l'école d'art, mais non seulement cela laisserait mon père tranquille, mais c'est également une impossibilité financière. Bien sûr, Béatrice pourrait m'envoyer dans n'importe quelle école du monde sans même se rendre compte du prix, mais elle ne le ferait jamais.

"Eh bien," dis-je lentement, "je suppose que certaines personnes ont juste des goûts différents des autres."

Elle hoche la tête, bourrant ses lèvres brillantes de muffin anglais dégoulinant de beurre.

"Ça c'est sûr. Ma mère m'a dit que si jamais je me faisais tatouer, elle me renierait.

D'une manière ou d'une autre, j'arrive à passer le brunch sans rien jeter. Cela aide que la nourriture soit délicieuse, non grâce à Béatrice, bien sûr. Elle nous accompagne jusqu'à la porte où nous disons au revoir.

« J'espère que tu envisageras un autre cheminement de carrière, Skylar. J'ai entendu dire qu'il y avait tellement de personnes souffrant de troubles mentaux dans cette profession.

Mon pot intérieur déborde.

"Tu sais quoi, Béatrice..."

"Hé, Sky!" Mon père interrompt ce qui est sur le point d'être une explosion majeure. «Je viens de recevoir un appel du travail. Je dois entrer. Allons-y !

Je me retourne et regarde ma tante et force le plus faux sourire que j'ai jamais souri de ma vie.

"Merci pour le conseil", dis-je.

Je me retourne et descends rapidement les marches jusqu'à son chemin pavé.

Je vois papa monter dans le camion, mais alors que je repousse mes cheveux, j'attrape quelque chose du coin de l'œil et je regarde pour voir l'homme que j'ai vu plus tôt.

Il est à peine à vingt pieds de moi, maintenant debout près du jardin de Béatrice avec sa pelle.

Il mesure au moins six pieds deux pouces, je dirais, avec un physique qui rendrait n'importe quel homme jaloux. Sa poitrine est large et épaisse, ses biceps ressemblent à des pythons et ses avant-bras semblent plus gros que mes mollets. Sa peau ressemble à du caramel et il brille de sueur, et quand il se tourne vers moi et que je vois enfin son visage, je suis presque renversé par à quel point il est magnifique.

Est-il un ouvrier ou un mannequin ?

"Salut." Il sourit. « Est-ce que Béatrice t'a envoyé pour me dire quelque chose ?

Mon esprit tout entier devient vide.

Est-ce qu'il vient de me dire quelque chose ?

Je ressens un drôle de petit picotement entre mes jambes et je sais que mon visage devient rouge. J'espère qu'il pensera simplement que c'est le soleil.

"Bonjour?" demande-t-il en penchant la tête sur le côté. « Est-ce que Béatrice vous a envoyé ? »

"Quoi?" Je réponds en sortant de là. "Salut. Je m'appelle Skylar. Je suis... appelle-moi simplement Sky.

"D'accord, Sky." Il sourit. «Je m'appelle Cade. Je te serrerais bien la main, mais c'est tout en sueur et tout sale à cause du travail.

En sueur et sale...

Quelque chose en moi s'illumine et une chaleur m'envahit. Je commence à saliver. Cet homme est délicieux.

Ce drôle de petit picotement grandit. C'est comme un petit chatouillement chaleureux au fond de mon sexe.

"C'est bon", je réponds, étendant le mien alors que je fond comme du beurre.

Impressionné, il le prend. C'est dur et cela me rappelle celui de mon père – calleux et fort. Mon Dieu, devrais-je même les associer tous les deux en ce moment ? "J'en ai l'habitude. Mon père travaille dans la construction pour gagner sa vie.

Je me retourne pour saluer Sky, mais elle monte déjà dans le camion de son père.

"Merde", je jure dans ma barbe en attrapant ma boîte à outils.

Béatrice porte une robe vert d'eau qui semble digne d'une reine alors qu'elle me conduit à l'intérieur et monte l'immense escalier menant au deuxième étage. Je suis tout excité par les brefs instants où j'ai pu poser mes yeux sur Sky, donc je suis à la traîne d'elle. Elle le remarque et se tourne pour me faire signe d'accélérer comme si j'étais l'une de ses servantes.

« Allez, Cade, mon garçon. Je pense qu'un tuyau fuit dans la salle de bain. Il y a de l'eau partout.

Je fais de mon mieux pour accélérer le rythme, mais c'est dur avec la bite dure que j'ai fourrée sous mon jean. Je ne sais pas non plus si j'imagine des choses, mais il semble que Béatrice balance délibérément ses hanches lorsqu'elle marche devant moi. Si je ne le savais pas mieux, je penserais qu'elle essayait d'attirer mon attention.

Je la suis dans la salle de bain et vois de l'eau sur le sol sous le lavabo. J'y vais et remarque qu'un des raccords est desserré.

"Ouais, tu as un tuyau desserré ici", dis-je en le serrant avec ma clé. "Rien qui ne puisse être facilement réparé..."

Je me tourne pour lui lever le pouce et vois Béatrice debout derrière moi complètement nue, sa robe par terre, me souriant de manière séduisante.

"Je savais que je ne t'avais pas embauché uniquement pour ton apparence."

Je détourne les yeux et prends rapidement un chiffon pour éponger l'eau.

"Euh, Mme Parks, si c'est tout ce dont vous aviez besoin..."

Elle se rapproche et je remarque qu'elle porte du parfum. Elle tend la main et glisse doucement deux doigts sous mon menton dans une caresse qui lève mon regard pour que je la regarde dans les yeux, qui sont remplis de désir comme une sorte de prédatrice.

Bien qu'elle soit l'alpha plutôt impitoyable qu'elle est et qu'elle approche la cinquantaine, Béatrice est en fait plutôt belle pour son âge, et je connais beaucoup de gars qui trouveraient ce scénario chaud comme l'enfer. Cependant, je n'en fais pas partie.

Je veux sa nièce.

"J'avais autre chose en tête", murmure-t-elle d'une voix que je suppose qu'elle trouve sexy, mais qui donne plutôt l'impression qu'elle essaie de donner l'impression qu'elle joue dans un porno.

Elle secoue sa poitrine, faisant trembler ses seins. Je suis un homme, donc mes yeux se tournent automatiquement vers eux par pur réflexe.

« Bien, n'est-ce pas ? Ils effectuent cette nouvelle procédure de transfert de graisse qui leur donne un aspect si naturel.

« Mademoiselle Parks, vous êtes mon employeur, et je pense simplement que nous ne devrions pas... »

« Je vous ai vue parler avec ma nièce là-bas », dit-elle, sa voix soudainement tendue. « Elle n'a jamais eu de petit ami. Le saviez-vous ?

Une excitation s'éveille en moi. Ma bite devient encore plus dure, n'ayant absolument rien à voir avec la femme nue devant moi qui tente de me séduire.

« Et nous, les femmes plus âgées, nous sommes tellement plus à l'aise dans notre sexualité, vous savez ? Nous sommes ceux avec qui tu veux être. Pas une jeune fille inexpérimentée.

Ce n'est pas ainsi que la journée d'aujourd'hui était censée se dérouler. J'étais censé au moins parler avec Sky, pas coincé dans un scénario avec mon employeur qui pourrait potentiellement me coûter mon emploi.

Je la regarde dans les yeux, me regardant alors qu'elle s'accroupit sur mes jambes, ses lèvres brillantes de gloss.

"Alors, qu'est-ce que ça va être, mon beau ?"

Chapitre 2

SKYLAR

UNE SEMAINE PLUS TARD...

Quelle journée de cauchemar absolu.

Je regarde le plafond fissuré et jauni de ma chambre, m'apitoyant sur mon sort.

Comme si ces brunchs du dimanche ne pouvaient pas être pires, maintenant je dois aller chez Béatrice chaque semaine en sachant que je vais voir Cade mais je ne pourrai pas m'approcher de son corps grand, musclé et incroyable. C'est comme si une couche supplémentaire de torture avait été ajoutée à une situation déjà horrible.

"Ça doit être un sacré homme." La drôle de sensation se propage entre mes jambes et se propage à travers mon corps.

"Il est sûr." J'acquiesce. "Vous devez l'être aussi si vous faites ça pour gagner votre vie." Je lui montre sa pelle et ses autres outils éparpillés dans l'herbe.

Les yeux de Cade pétillent comme les étoiles à mon compliment.

"Essayez-vous de me séduire, Sky?"

Mes joues me brûlent. Ouais, je rougis maintenant.

"Qu-quoi?" Je bégaie.

Il sourit. « Ce n'est pas souvent que les filles font des compliments aux garçons. Surtout ceux qui sont aussi sexy que toi.

Oh mon Dieu. Est-ce qu'il vient de me traiter de sexy ?

« Il doit donc y avoir une certaine motivation derrière cela. Ça, ou tu es un escroc.

Cela me prend tellement par surprise que je manque de m'étouffer alors qu'un rire sort de ma gorge.

"Non! Jamais! Béatrice est ma tante. Nous venons ici pour le brunch le dimanche depuis le décès de son mari. Mais je ne t'ai jamais vu auparavant.

Cade hoche la tête. « Nous sommes nouveaux. Je suppose que cela signifie que je te verrai davantage, donc c'est sympa... "

" Skylar ! " La voix de Béatrice brise l'instant comme un verre brisé pendant le dîner.

Je me retourne pour la voir me sourire faussement depuis la porte. "Pouvez-vous venir ici ? Je pense que tu as laissé quelque chose à toi.

Vous avez laissé quelque chose ? Qu'est-ce que j'aurais pu laisser ?

"J'arrive!"

Je me retourne vers Cade, qui me fait un sourire compatissant.

« Dimanche prochain alors ? » il demande.

"Absolument", je murmure.

"J'attends avec impatience la séduction", ajoute-t-il alors que je me détourne.

Ce commentaire me fait presque tomber sur pied alors que je monte les marches jusqu'à l'endroit où Béatrice m'attend.

J'ai l'impression d'avoir été frappé par un météore de la masculinité. Cade.

Quel homme incroyable.

"Maintenant, écoute ici, petite salope, et écoute bien", grogne Béatrice alors que je l'atteins. Elle montre les dents et me pointe du doigt comme un serpent prêt à frapper. Je suis tellement pris au dépourvu que je sais à peine comment réagir.

« Reste loin de Cade ou tu ne verras jamais un centime de mon argent. Est-ce que tu comprends? Est-ce que tu?!"

"Oui!" Je laisse échapper, presque automatiquement.

"Bien", siffle-t-elle en me claquant la porte au nez.

La prochaine chose que je sais, comme un robot sur pilote automatique, je descends les marches et le chemin menant au camion de mon père.

Je savais que je n'avais rien laissé.

"Tout va bien?" demande-t-il alors que je monte.

"Ouais..." je mens.

"Bien." Il sourit en s'éloignant de la maison.

Je regarde Cade dans le rétroviseur, ses bras épais et musclés brillant au soleil alors qu'il se remet à pelleter.

Ce sentiment drôle et flou est toujours là, mais je suis aussi sous le choc de ce qui vient de se passer. Je ne sais littéralement pas quoi faire ni comment me sentir en ce moment.

« Écoute, je sais que Béatrice peut être un peu dure de temps en temps, mais elle ne veut pas vraiment de mal. Nous devons juste la supporter jusqu'à ce qu'elle s'éclaircisse. Très bien, chérie ?

"Ouais." J'acquiesce à nouveau, toujours secoué par l'incrédulité. "Bien..."

Chapitre 3

CADE

Cela fait six jours que je n'ai pas vu Skylar, et je n'arrive pas à la sortir de mon esprit. Je ne suis pas obsédé par les filles. C'est un chemin vers la ruine. Je sors avec désinvolture, mais j'ai été trop occupé à développer mon entreprise d'aménagement paysager pour me soucier de vraies relations. Mais cette fille, Sky, est comme une écharde dans mon esprit.

Andy et Chuck en ont marre de m'entendre parler d'elle. Les premiers jours, ils riaient et me cassaient les couilles à chaque fois que je la soulevais et parlais de ses courbes, de la longueur de ses jambes et de la douceur de son cul quand elle s'éloignait de moi, ou comment, malgré le fait qu'elle portait un bouton, on pouvait dire qu'elle avait une belle paire de seins sur elle. Mais maintenant, ils me disent juste de me taire quand j'en parle.

"Alors propose-lui déjà." Andy gémit pendant le trajet jusqu'à Beatrice ce matin quand j'évoque Skylar à nouveau.

"Parle-moi de ça", rit Chuck en me donnant un coup de coude dans les côtes. "Faites des bébés avec elle pour que nous puissions arrêter d'entendre parler d'elle."

"Si vous ne le faites pas, l'un de nous le fera."

"Comme si tu le ferais," je grogne.

«Ça ne me dérangerait certainement pas», intervient Andy. «J'ai vu ces hanches. Ce sont de purs faiseurs de bébés.

Je sens une colère commencer à monter dans ma poitrine.

Chuck sourit et hoche la tête. « Et de vraies mamans trayeuses aussi. Quels sont ces? Ds ? Double-D ?

"Très bien, ça suffit!" La façon dont je les attaque est complètement hors de mon caractère, mais je pars comme un lion réclamant son territoire contre un envahisseur extérieur.

Les garçons m'ont lancé des regards étranges alors que nous approchions de la maison.

"Désolé", dis-je en me forçant à sourire. «Je m'entraîne juste à jouer, tu sais? Pour quand j'aurai arrêté tout ce travail d'aménagement paysager et de bricoleur.

Ils rient tous les deux. Je ne sais pas s'ils comprennent que je plaisantais ou s'ils veulent simplement croire que je plaisantais. Quoi qu'il en soit, cela n'a pas vraiment d'importance pour moi car en arrivant, je vois que le camion de Sky est déjà garé devant. Nous avions un travail à Douvres ce matin et sommes arrivés tard, donc elle et son père ont dû arriver avant nous.

« Andy, pourquoi ne vas-tu pas de l'autre côté avec le désherbant ? Chuck, pourquoi ne commencerais-tu pas à arroser les jardins de devant ici ? Je vais y retourner et vérifier les mauvaises herbes. Je pense aussi qu'elle aura peut-être également besoin de réparations en pierre.

Les garçons hochent la tête, prennent leurs affaires et partent.

J'attends qu'Andy soit hors de vue et que Chuck soit occupé avec le tuyau avant de faire le tour. Je me sens un peu coupable parce que pour la première fois depuis quatre ans que je travaille avec ces gars-là, je leur ai menti.

Ce n'est pas un gros mensonge ou quoi que ce soit, mais la vérité est qu'il n'y a aucun problème potentiel avec les pierres de Béatrice à l'arrière. J'ai seulement dit cela pour pouvoir me rapprocher de la fenêtre qui donne une bonne vue sur la salle à manger où, je sais, Sky va prendre son brunch ce matin.

Et ça me permettra de la voir.

Je me faufile lentement et prudemment pour ne pas être vu, me sentant presque comme un harceleur. Je travaille ici, mais je ne devrais vraiment pas regarder par les fenêtres de mon employeur. C'est juste un mauvais comportement.

Mon cœur commence à battre de plus en plus vite alors que je contourne le côté de la maison et entre dans la cour arrière. J'entends des voix maintenant.

C'est Béatrice, bien sûr, qui divague comme elle le fait toujours, se moquant de ses propres blagues. Puis j'entends la voix d'un homme, qui doit être celle du père de Skylar.

Mais ensuite j'entends la sienne et tout mon corps se tend.

Je n'avais pas réalisé que sa voix pouvait être un déclencheur pour moi, mais je sens ma bite gonfler dans mon pantalon de travail.

Je suis à peine allée au soleil depuis quelques minutes, mais je commence instantanément à transpirer. Le ton de son discours me fait penser à la voir s'éloigner de moi il y a une semaine et à la façon dont ses fesses bougeaient parfaitement dans les kakis qu'elle portait.

Quelle femme...

Bon sang, j'espère que je ne commencerai pas à avoir des fuites de pré-éjaculation. Ce serait embarrassant.

Je fais le tour du jardin, en regardant par les fenêtres du salon, qui est vide, quand j'entends le bruit de quelqu'un derrière moi. Une dose d'adrénaline m'envahit.

Ce doit être l'un des domestiques de Béatrice qui sort les poubelles, alors je me penche immédiatement et fais semblant de désherber. Je jette un coup d'œil par-dessus mon épaule et vois Tala me faire un sourire alors qu'elle commence à retourner à la maison depuis la zone des poubelles. Je lui rends son sourire et garde la tête baissée jusqu'à ce qu'elle parte.

Une fois que je suis en sécurité, je me lève et prends une profonde inspiration, puis je continue vers l'arrière de la maison.

Le son de leurs voix est plus fort maintenant, mais encore une fois, c'est principalement Béatrice qui parle. J'entends des fourchettes et des couteaux contre des assiettes, mais alors que je tourne au coin, elle apparaît.

Sky a les cheveux détachés aujourd'hui. Il tombe sur ses épaules comme les vagues d'une cascade auburn, encadrant son beau visage qui me fascine déjà instantanément.

Je plaisantais quand je lui ai demandé si elle avait l'intention de me séduire, mais elle est sûre de le faire maintenant, et elle est juste assise là à siroter du jus d'orange.

Le sang palpite dans mon corps, entraînant une dure érection dans ma bite qui, je le sais, rendra presque impossible pour moi de travailler aujourd'hui. Elle porte un T-shirt cette semaine, comme si elle ne se souciait même pas d'impressionner sa tante avant de venir chez elle. Ce T-shirt ne cache en rien le fait qu'elle a un support phénoménal en dessous sur lequel je meurs d'envie de mettre la main. Alors qu'elle se déplace sur son siège, je peux aussi dire qu'elle n'a pas pris la peine de porter un soutien-gorge aujourd'hui.

Je pose ma pelle de côté et glisse ma main entre mes jambes pendant que je la regarde. Bon sang, je n'ai jamais été un dégénéré comme ça, mais cette fille fait ressortir quelque chose en moi.

Presque hypnotisée, je la regarde porter un morceau d'ananas à sa bouche et le glisser entre ses lèvres charnues. Je ne peux m'empêcher de penser à ce que je ressentirais si c'était ma bite là-dedans et non ce morceau de fruit jaune humide. .

J'avance d'un pas pour mieux voir, mais une branche sous mon pied se brise et je me baisse rapidement pour me cacher.

Mon cœur bat comme un tambour dans ma poitrine.

« C'est fou », je ris intérieurement. Si je me fais surprendre en train de rôder ainsi comme un masturbateur public, je serai absolument viré. Mieux vaut attendre qu'elle ait fini de manger et lui parler plus tard plutôt que de risquer mon travail et de laisser Béatrice dire à tout le monde qu'elle sait que je suis une plante folle.

Donc, environ quarante-cinq minutes plus tard, je finis de désherber devant la porte lorsque la porte s'ouvre et que Sky et son père sortent. Elle jette un coup d'œil et me voit et je lui fais signe et commence à me diriger vers lui pour lui dire bonjour, mais à ce moment-là, Béatrice m'appelle depuis la porte latérale.

« Cade !? Cade, tu peux venir ici un moment ? Je pense que j'ai un problème avec un tuyau dans la maison ! »

"Andy peut t'aider avec ça, Béatrice !" Je rappelle. "Il est meilleur avec un travail comme celui-là."

Je fais signe à Andy d'aller régler le problème qu'elle rencontre, mais elle répond rapidement sur un ton qui est tout sauf agréable.

"Non, j'aimerais que tu viennes le regarder, Cade."

Il n'y a pas moyen de discuter avec elle quand elle est dans cet état. Qu'est-ce que je suis supposé faire? Elle signe mes chèques.

Je l'ai à peine aperçu aujourd'hui après avoir subi davantage de bavardages de ma tante, mais d'après le peu que j'ai vu, il avait l'air tout aussi sexy que la semaine dernière, sinon plus.

Il portait un jean bleu usé et déchiré partout. Je pouvais voir que ses jambes étaient bronzées aussi, ce qui m'a fait me demander s'il travaillait parfois en short ou s'il s'allongeait comme je le fais parfois quand il fait beau et que je veux faire un dessin dehors. Mais ensuite j'ai ri intérieurement.

Cade ? Allongé comme une sorte de mannequin italien buvant des mimosas au bord de la plage ? Grosse chance.

Il porte probablement juste un short quand il travaille sur sa maison, ou peut-être quand il joue au volley-ball avec des garçons comme Tom Cruise dans Top Gun...

Je suis excité maintenant de l'imaginer sans chemise, et ça m'excite énormément.

Allongé dans mon lit, je glisse ma main dans mon sweat, me rappelant à quel point sa main était forte et rugueuse lorsqu'il tenait la mienne la semaine dernière.

Qu'est-ce que ça ferait maintenant s'il me frottait avec ?

Mon rythme cardiaque s'accélère et il fait soudain chaud dans ma chambre.

Je retire le drap du dessus et respire en imaginant Cade allongé à côté de moi, ses énormes bras enroulés autour de moi, une main dans mon pantalon, me touchant là où ça compte vraiment...

"Skylar!"

Un coup frappé à ma porte gâche le moment comme une éclaboussure d'eau froide sur mon visage. Je me couvre rapidement pendant que mon père ouvre la porte.

"Ouais, papa !?"

« Je vais me mettre au lit. Je dois me lever tôt pour travailler demain.

"D'accord." Je souris maladroitement.

Il se retourne pour partir et je pousse un soupir de soulagement, mais il s'arrête et se retourne et je pars à nouveau tendu.

"Dis, n'est-ce pas ton premier jour au salon demain?"

"Ouais." J'acquiesce. "Premier jour de mon apprentissage."

Il sourit. Je peux voir à quel point il est fier. S'il ne m'avait pas simplement interrompu pendant un moment très privé, je pourrais l'apprécier encore plus.

"Excellent travail, pudding."

"Merci, papa."

Il ferme la porte derrière lui et je peux à nouveau me détendre. Je ferme les yeux et essaie de retrouver l'image de Cade que j'avais en tête avant d'être interrompue. Mais je n'en suis tout simplement pas capable.

C'est une chose d'avoir votre temps privé perturbé par un pétarade de voiture ou par un chien qui aboie, mais votre père entre et vous surprend presque avec la main dans votre pantalon ?

Je ne pourrai plus jamais le regarder de la même manière.

Je gémis et me retourne, et c'est alors que j'entends un autre coup, mais cette fois, ce n'est pas de ma porte ; c'est de ma fenêtre.

Mon corps tout entier se fige et je cherche instantanément ma batte en métal sous mon lit.

Je suis sur le point d'appeler mon père quand je me retourne et regarde par la fenêtre pour voir Cade me faire signe à travers la vitre. Et Dieu est-il magnifique.

« Cade ! » Je murmure, me précipitant et l'ouvrant pour lui. "Que faites-vous ici ? Comment as-tu su où j'habite ?

Avant même que je puisse réagir, il grimpe dans ma chambre comme si l'endroit lui appartenait.

"Oh, ce n'était pas difficile." Il sourit en atterrissant sur le sol. "Je suis détective privé à mes heures perdues, je ne te l'ai pas dit ?"

« Chut ! Mon père est dans l'autre pièce !

« Bonne question », rit-il.

"Quoi, tu ne sais pas?"

"Je ne suis jamais allé au gymnase."

"Et tu as ces biceps?" Je demande en serrant d'un air espiègle son bras géant.

"Hé, tu fais un dur travail depuis que tu as quatorze ans et tu auras aussi des biceps comme ça."

"Tu ressembles à mon papa..." Il me prend dans ses bras, ouvre la porte de son camion et me jette à l'intérieur.

Je me retourne pour le regarder alors qu'il rampe sur moi, et mon rythme cardiaque monte instantanément en flèche alors qu'il se couche sur moi.

Encore une fois, il presse ses lèvres contre les miennes, et encore une fois je le laisse prendre les devants. Je n'ai aucune idée de ce que je fais, et il est si naturellement dominant que c'est la bonne chose à faire.

Je peux sentir sa sueur de la journée pendant qu'il m'embrasse, et je l'inspire profondément, imprégnant le parfum dans mes poumons, là où il appartient.

C'est comme une eau de Cologne faite juste pour moi qui porte l'ampleur de mon désir à un tout autre niveau.

Il glisse une main sous ma chemise et prend ma poitrine en coupe, et je laisse échapper un gémissement alors que sa peau rugueuse et calleuse effleure mon mamelon. Il soulève ma chemise, m'exposant complètement.

«Je le savais», marmonne-t-il.

« Tu savais quoi ?

"Que tu avais des seins parfaits là-dessous."

Je commence à sourire alors qu'il prend un de mes tétons dans ses lèvres et le suce, ce qui fait que mon dos se cambre du siège.

"Oh mon Dieu!" Je crie. Cade ne perd pas de temps.

Il glisse une main dans mon pantalon, comme je l'avais fantasmé il y a quelques instants, et presse deux doigts contre mon clitoris.

Une sensation écrasante aspire l'air de mes poumons, ainsi que ma capacité à parler. Je cherche une stabilisation et trouve une poignée de porte et une sorte d'outil qu'il a fixé à la paroi de son camion.

La chair de poule éclate sur ma peau alors qu'il caresse mon sexe. Ma vision commence à se brouiller alors que vague après vague de plaisir jaillit d'entre mes cuisses. Il me masse avec la plus grande compétence et soin. Les hommes qui travaillent de leurs mains pour gagner leur vie savent quoi en faire.

Tout comme mon papa...

Wow, à quoi je pense en ce moment ?

Mes hanches se balancent dans ses mouvements, correspondant à son rythme. Je sens la montée imminente de mon apogée et commence à haleter alors que je tends la main et arrache une poignée de ses cheveux.

«Regarde-moi», je t'en supplie.

Il fait. Et mon orgasme me berce.

Ses yeux sont tellement étonnants. Pour un homme aussi robuste, il y a là une telle beauté. Il me regarde et maintient une pression sur mon clitoris pendant que j'arrive, puis me laisse lentement tomber, comme s'il pouvait lire dans mes pensées.

Je gémis et lâche ses cheveux. Je suis sûr que je lui ai fait du mal, mais il est trop viril pour dire quoi que ce soit.

"Tu ressembles à un mignon petit hamster quand tu viens", remarque-t-il en tendant son autre main pour déboucler son pantalon.

"Hamster!?" Je couine, gêné.

Sa queue, dure comme une barre d'armature, déborde et atterrit entre mes cuisses. Je ne connais peut-être rien aux hommes, mais je reconnais une énorme bite quand j'en vois une, et Cade est pendu comme un cheval. Il écarte ma culotte et presse le bout de sa virilité contre ma fente et commence à pousser.

Mais je me retire.

Il me regarde et je vois qu'il pense qu'il a fait quelque chose de mal, alors je prends rapidement sa main dans la mienne.

"Je n'ai jamais fait ça auparavant, Cade." L'expression de son visage change et mon cœur se serre. « Je n'ai que dix-huit ans. Je ne sais pas quel âge tu as, mais je suis sûr que tu as eu un million de filles, et si tu ne veux plus faire ça avec moi, je comprends tout à fait, mais j'ai pensé que tu devrais le savoir.

Cade me regarde pendant un moment et un sentiment d'effroi m'envahit.

Il va rire.

Il va être libéré sous caution.

Mais à ma grande surprise, il se penche et m'embrasse délicatement sur le front, comme mon mari depuis vingt ans.

« Premièrement, j'ai vingt-neuf ans. Et deuxièmement, vous plaisantez ?

« Je plaisante ? » Je bégaie. "Non, je suis vraiment vierge..."

"Et tu penses que ça me fait ne plus vouloir de toi ?" Cade rit et secoue la tête. "Sky, ça ne fait que me donner envie de toi davantage."

"Sérieusement ?"

"Sérieusement." Il hoche la tête. «Je serais le seul homme à t'avoir, Sky. Et c'est la plus grande excitation au monde.

Oh mon Dieu, je rougis encore.

Non seulement Cade est si sexy, mais il est aussi plus que charmant et me fait me sentir en sécurité d'une manière qu'un seul autre homme m'a jamais fait ressentir : mon père.

Je passe la main entre mes jambes, baisse mon sweat et ma culotte et écarte mes jambes, mais il m'arrête.

"Non." Il secoue la tête.

"Pourquoi pas?" Je demande.

« Sky, si je dois prendre ta virginité, elle ne sera pas à l'arrière de mon camion miteux. Ce sera un endroit agréable, quelque part spécial.

Il remonte doucement ma culotte et effleure ma joue avec le dos de sa main.

« Vous ne dites pas cela simplement pour vous sortir de cette situation délicate, n'est-ce pas ? »

Cade sourit des yeux, se penche et me donne le baiser le plus passionné qu'il m'ait donné de la nuit. J'en suis tellement captivé que je pourrais me fondre joyeusement en lui et ne jamais revenir. Quand il s'éloigne enfin et me regarde, je sais qu'il dit tout à fait la vérité avec moi.

« Il y a une chose que tu devrais savoir sur moi, Sky. Et c'est que je ne te mentirai jamais.

Chapitre 4

J'ai à peine dormi après ce qui s'est passé la nuit dernière avec Cade. Quel homme complexe – comme un délicieux gâteau multicouche.

Je ne m'attendais pas à ce qu'il réagisse comme il l'a fait lorsque je lui ai dit que je n'avais jamais eu de relations sexuelles auparavant. Je ne m'attendais pas non plus à ce qu'il soit aussi gentleman à ce sujet et qu'il me promette que nous le ferions dans un meilleur endroit et à un meilleur moment pour que ce soit quelque chose de spécial pour moi.

Je suis sûr que beaucoup de gars m'auraient poussé à le faire sur-le-champ, juste pour pouvoir en obtenir. Mais pas Cade. Il ne m'a même pas fait pression pour lui faire plaisir ou lui rendre la pareille de quelque manière que ce soit. Nous sommes restés là, côte à côte à l'arrière de son camion, jusqu'à ce que je finisse par m'endormir dans ses bras.

Heureusement, il a dû se lever tôt pour aller travailler et j'ai réussi à rentrer furtivement dans la maison avant que papa ne parte travailler. Même si j'ai dix-huit ans, il a toujours cette habitude de me surveiller avant de partir « juste pour s'assurer que je vais bien ». Une partie de moi souhaite qu'il arrête, mais en même temps, je sais à quel point c'est doux. Et comme maman est décédée, je sais qu'un jour il ne sera plus là non plus, alors je devrais l'apprécier pendant que je l'ai.

Je devrais avoir mon esprit lors de mon premier jour de travail au salon de tatouage, mais tout ce à quoi je peux penser en franchissant les portes de Dark Forrest Tattoo, c'est Cade.

Misty, mon interlocuteur principal au magasin, me repère dès mon entrée et me fait un grand signe amical depuis son poste. Nous nous connaissons déjà assez bien. C'est elle qui a examiné mon portfolio et m'a interviewé à plusieurs reprises et a finalement pris la décision de m'embaucher comme apprenti. En gros, je lui dois tout.

C'est une de ces filles que ma tante détesterait : couverte de tatouages, avec des manches sur les deux bras, un gros morceau de dragon sur le cou, trois petits tampons sous l'œil gauche, des piercings partout, quelques gros morceaux dans le dos et un énorme. une sur son côté gauche qui n'est toujours pas terminée. Elle en a plusieurs sur chaque jambe et je suis sûr que je n'en ai même pas vu quelques-unes. En fait, j'adorerais qu'elle et Béatrice se rencontrent. Misty n'a pas peur de dire ce qu'elle pense et ne supporterait jamais les conneries de ma tante.

"Bonjour!" dit-elle joyeusement. Je m'assois et pose mon sac, mais Misty se penche immédiatement en arrière et fronce les sourcils.

"Quoi?" Je demande, soudain au dépourvu.

« Il y a quelque chose de... différent chez toi », dit-elle en me lançant son œil omniscient.

"Différent?"

Elle acquiesce. "Certainement. Vous n'êtes pas... présent en ce moment. Vous êtes ailleurs.

"Non, je ne le suis pas", je réponds en reculant. C'est mon grand jour et je ne peux pas le gâcher. "Je suis ici."

Misty sourit, se penche et prend ma main dans la sienne. « Sky, ma chérie. C'est de moi dont nous parlons, pas de Pete. Je ne suis pas propriétaire du salon, je travaille juste ici. Vous pouvez vous détendre. Il se passe quelque chose avec toi. Maintenant, crache le morceau ! »

"D'accord, tu as raison", je ris.

"C'est un mec, n'est-ce pas ?" elle demande.

"Ouais." J'acquiesce. "C'est un gars."

"Je le savais! Est-ce qu'il est chaud ?

"Tellement chaud", je gémis. "Si bêtement chaud que je ne sais même pas quoi faire de moi-même."

« Et donc l'espacement de votre premier jour dans le travail de vos rêves ?

Misty attrape un seltzer qu'elle garde dans la glacière de son poste, me le tend, puis en prend un pour elle.

"Parle moi de lui. Où vous êtes-vous rencontrés ? Application de rencontres ?

"Oh mon Dieu non," je réponds en ouvrant ma boîte de conserve. « En fait, il travaille pour ma tante. Il fait partie de son équipe d'aménagement paysager. Je l'ai vu travailler il y a quelques semaines, et c'était comme... » Je mime ma mâchoire tombante et mes yeux s'écarquillant, et Misty hoche simplement la tête comme si elle comprenait totalement. « Six-deux au moins, des yeux magnifiques et fascinants, des muscles énormes, ces grandes mains fortes qui sont toutes rugueuses... »

« Ça ressemble un peu à ton père. »

Je réponds avec une claque méritée sur le genou qui la fait rire.

"Quoi? Ton père est sexy. Vous voulez que je le nie ?

« Peut-être juste pour ne pas en parler ? Je demande. "Ce serait bien."

"D'accord, c'est mauvais," ricane-t-elle.

« Mais tu as raison. En fait, il m'a rappelé mon père lorsque je l'ai rencontré pour la première fois.

Misty me lance des yeux méchants. "Euh-oh, ma fille. Vous avez ce truc que les filles amènent là où elles vont pour les gars qui leur rappellent leur père.

Je gémis. « Non... n'est-ce pas ? »

Elle hausse les épaules. "Bien sûr, ça ressemble à ça."

Elle a raison. Cade est grand comme papa, il travaille dans l'aménagement paysager - qui est un travail manuel comme papa - est grand et bronzé pour avoir travaillé dehors comme papa, et sa main rugueuse m'a immédiatement rappelé celle de papa lorsque je l'ai serrée pour la première fois.

"Oh non..." Je m'effondre et cache mon visage avec mes cheveux. "Je suis un cinglé!"

Misty éclate de rire. "Non, ce n'est pas le cas. C'est tout à fait normal. Mon ami Eric, qui fantasme sur des filles qui le couvrent de confiture et l'insultent pendant des heures, est un cinglé.

Je ne peux pas dire si Misty plaisante avec moi ou non, mais cela fonctionne et me fait sortir de mon moment de réalisation de soi que je vis.

« Mais il y a un problème. Je ne t'ai jamais parlé de ma tante, n'est-ce pas ?

Ta riche tante?"

Je sirote mon verre et hoche la tête. "Elle est peut-être riche, mais elle ne partage rien avec mon père ou moi."

"Ça a l'air d'être une femme merveilleuse", plaisante Misty.

"Droite? Donc, il y a quelques semaines, après m'avoir vu parler à Cade pour la première fois, elle m'a menti en disant que j'avais oublié quelque chose à la maison et que je devais venir le chercher, mais quand j'arrive, elle me regarde en face et me dit que si jamais je lui parle à nouveau, elle ne me laissera jamais un centime de son argent, puis me claque la porte au nez.

"Whoa," remarque Misty. « Alerte à la salope psychopathe ! »

Le simple fait de repenser à ce moment fait soudainement battre mon cœur. Je me souviens juste de l'apparence du visage de ma tante, me regardant comme une sorcière sortie d'un vieux dessin animé de Disney, comme si elle allait me maudire avec un terrible sort ou se transformer en hyène et me manger vivante.

"Qu'est-ce que ton père a dit?" » demande Misty.

"Je ne lui ai pas dit."

"Quoi? Êtes-vous fou? Tu ne penses pas qu'il devrait savoir qu'il a une salope folle pour sœur ?

«Quand elle m'a claqué la porte au nez, j'étais tellement abasourdi que je suis retourné vers le camion, hébété. Et après ça, je ne savais plus quoi lui dire. Il a cette idée en tête que nous serons tous cette famille heureuse un jour ou quelque chose comme ça.

"Oh, épargne-moi." Misty lève les yeux au Sky. "Désolé, Sky, mais je ne pense pas que cela se produira de si tôt avec ce vieux sac."

J'acquiesce en signe d'accord. "Moi non plus."

« Alors tu vas l'ignorer, n'est-ce pas ? Et vas-y pour le gars ?

"Je ne sais pas. Que feriez-vous?"

"Moi?" Misty rit. « Vous demandez à la fille qui a été élevée dans la mormone et qui s'est fait tatouer son premier tatouage à l'âge de quatorze ans juste pour contrarier son connard de père missionnaire. Je suis presque sûr que tu sais ce que je ferais.

Nous craquons tous les deux. "Assez juste."

« Mais tu connais vraiment ce type, Sky ? Il est peut-être sexy et tout, mais lui parler à peine une fois chez votre tante n'est pas vraiment une bonne raison pour déclencher une querelle de famille. Il y a beaucoup de mecs sexy là-bas, et je suis sûr que vous pouvez en trouver plusieurs prêts à se jeter à vos pieds.

"Je n'en sais rien," je réponds penaud. «Mais il ne s'agissait pas non plus d'une courte conversation à l'extérieur de la maison de ma tante. Il s'est passé un peu plus... »

Misty me regarde avec méfiance, remarquant le regard que je lui lance. Je me sens rougir et ses yeux s'écarquillent. Elle se penche et murmure : « Attends, qu'est-ce que tu dis ? Est-ce que vous les gars... ?

J'acquiesce vigoureusement, sentant mon cœur battre plus fort alors que je repense à l'aventure de la nuit dernière à l'arrière du camion de Cade.

"Oh mon Dieu", crie Misty en se couvrant la bouche. "Fermez-la! Toi? La petite vierge innocente ?

"Fermez-la!" Je ris.

"D'accord, dis-moi tout!"

Je lui raconte cette nuit du mieux que je peux sans me sentir trop gêné. Je laisse de côté quelques détails clés pour ne pas avoir l'impression de raconter un roman érotique, mais malgré tout, sa mâchoire continue de baisser de plus en plus bas, de sorte qu'au moment où j'ai fini, elle ressemble à Ghostface de Crier.

"Putain de merde", dit-elle finalement. "Ouah."

"Je sais."

"Ce type a l'air incroyable!"

Tout ce que je peux faire, c'est hocher la tête, l'excitation affichée sur mon visage. Je suis tellement contente qu'elle voie Cade comme moi sans même l'avoir rencontré.

« Je suis jaloux, Sky. Tout ce que mon ex a fait, c'est me moquer de ma nourriture, puis me tromper avec mon colocataire, que je pensais être mon meilleur ami.

"Aie. Je suis désolé."

"Eh, au diable avec lui", dit-elle avec dédain. « Mais ce type ressemble à un gardien. Vas-tu lui donner ta carte virtuelle ?

«Je... je ne sais pas», j'avoue. «Je veux, mais...»

«Tu t'inquiètes pour ta tante?» J'acquiesce et Misty la secoue immédiatement. « Ne t'inquiète pas pour ce vieux sac. Elle ne vous a pas encore aidé, vous et votre père, n'est-ce pas ?

« Non, mais peut-être que dans le futur... »

« Les gens ne changent pas, Sky. Nous sommes qui nous sommes, et ta tante a l'air d'une vieille garce égoïste qui a probablement le béguin pour ton futur homme ici.

Une révélation m'envahit comme si mon esprit venait d'exploser avec une pensée qui ne m'était même jamais venue à l'esprit.

"Oh mon Dieu, tu penses !?"

"Absolument." Misty hoche la tête. « Votre tante est une femme plus âgée qui a un faible pour son jeune homme sexy qui s'occupe de la pelouse, et elle devient toute territoriale parce qu'elle sait qu'il a le béguin pour vous. Alors elle vous menace de quelque chose que vous n'obtiendrez jamais de toute façon. Et même si elle décide de vous inscrire dans son testament, combien de temps faudra-t-il avant qu'elle croasse ? Décennies?"

"Probablement."

« Et cela fait des décennies que vous pourriez vivre avec ce type si les choses finissent par s'arranger entre vous deux. Est-ce que ça en vaudrait la peine ?

"Non." Je secoue la tête.

« Alors ce que vous devez faire est assez évident si vous me le demandez. Tu ne penses pas ?

Chapitre 5

CADE

SIX JOURS PLUS TARD...

Encore dimanche.

Béatrice va faire tout ce qu'elle peut pour garder Sky et moi séparés, et peut-être même me faire bouger à nouveau, mais ce dimanche, j'ai un plan.

J'ai dit aux garçons de travailler dans les jardins de la maison et que je tondrais devant la porte d'entrée. Ils m'ont tous deux regardé comme si j'étais fou, soulignant à juste titre que le portail d'entrée n'avait pas besoin d'être tondu. Mais j'ai quand même pris la tondeuse poussée. Je veux juste rester à l'écart de Béatrice. De cette façon, elle ne pourra plus m'inviter dans la maison pour d'autres problèmes inventés comme la fuite d'un tuyau de la semaine dernière.

Je fais semblant de tondre, les lames relevées ne coupent rien, mais tout le temps je ne pense qu'à ma beauté...

Sky.

Qu'a fait un gars comme moi pour avoir autant de chance de rencontrer une magnifique princesse comme elle ? Elle est comme sortie d'un rêve, et bon sang, j'ai rêvé d'elle toute la semaine aussi...

... allongé là dans mon lit, les yeux fermés, caressant mon érection en pensant à elle jusqu'à ce que j'explose partout comme l'homme des cavernes que je suis.

J'ai hâte de pouvoir enfin la revendiquer en glissant à l'intérieur de cette chatte intacte entre ses douces cuisses.

Je parie qu'elle est si serrée.

Je ne peux pas croire qu'elle pensait que je serais rebuté à l'idée qu'elle soit vierge. Comment pouvait-elle ne pas savoir que ça m'exciterait encore plus ?

J'avais tellement envie de la voir que j'ai même pensé à retourner chez elle pour la traîner par la fenêtre pour une autre séance de plaisir.

Mais je me suis retenu. Je ne voulais pas nous remettre sur la voie de quelque chose que nous ne pouvions pas terminer.

Je lui ai dit que la prochaine fois que nous nous rencontrerions, je lui ferais mienne dans un endroit sympa et que ce serait spécial. Mais malheureusement, Spencer, mon frère, est en chambre avec moi depuis une semaine et demie, je n'ai donc pas pu la ramener chez moi. Parlez de blocage de bite.

Avec le bruit de la tondeuse et mes cache-oreilles, je n'entends pas le bruit du camion du père de Sky derrière moi, mais je l'entends du coin de l'œil et je le vois arriver. Sky me lance un regard subtil et sexy. avec ses yeux de nymphe, et je deviens fou.

C'est déjà assez pénible de devoir être loin d'elle. Maintenant, ce regard me rend dur comme un roc, j'ai envie de me précipiter après elle, de la traîner hors de ce camion et de la traîner sur la pelouse avec le soleil qui tape sur nous.

Je me dis de m'en tenir au plan, sachant que je devrais rester ici et continuer à tondre pour que Béatrice ne puisse pas me voir, mais je ne peux tout simplement pas le faire.

C'est comme si le camion de Sky était entouré d'un vortex gravitationnel, m'obligeant à la suivre tout au long du trajet. J'arrive par les marches juste à temps pour la regarder entrer dans la maison.

Elle porte une jolie robe d'été à fleurs jaunes avec une paire de chaussures plates en cuir clair. Ses cheveux tombent sur ses épaules et rebondissent lorsqu'elle entre. Elle me regarde et croise mon regard encore une fois, et il me faut tout ce que j'ai pour ne pas faire signe. Après ce qu'elle m'a dit à propos de l'avertissement de sa tante, je sais que nous devons faire semblant de ne pas nous connaître ici ni d'interagir d'une manière ou d'une autre. Aujourd'hui, je ne suis qu'un autre gars qui travaille sur le terrain, rien de plus.

Alors qu'elle entre, Béatrice sort, me repère et me fait un sourire séduisant. À ce moment-là, je fais instantanément comme si quelqu'un venait de m'appeler et me penche pour sortir mon téléphone de ma poche.

Je me détourne et fais comme si la conversation était vraiment importante, puis je me dirige vers Andy comme si j'avais besoin de lui poser des questions sur l'entreprise. Il comprend ce que je fais et garde un œil sur la porte, puis me signale quand Béatrice est partie.

« Bon sang, patron. Tu dois vraiment l'esquiver si fort, hein ? Elle n'est pas mauvaise, à mon avis. Une sorte de milf.

"Retourne travailler." Je souris. Il rit et retourne à son désherbage.

J'envoie un message à Sky au numéro qu'elle m'a donné avant que je la quitte la dernière fois que nous étions ensemble :

-Tu fais quelque chose plus tard ?

Il lui faut un certain temps pour me répondre, ce qui est logique étant donné qu'elle est probablement en train de manger, mais environ une demi-heure plus tard, mon téléphone sonne.

-Non pourquoi ?

- Retrouve-moi ici à 13h30. Je n'accepterai pas un non comme réponse.

Je lui envoie une adresse par SMS et j'attends.

Cette fois, elle répond immédiatement en disant d'accord, avec un de ces emojis aux mains jointes qui, je pense toujours, ressemblent à des mains de prière, mais je suppose que les filles en utilisent beaucoup lorsqu'elles sont excitées.

Je souris et réponds avec un pouce levé.

Je garde la tête baissée pour le reste de la journée, je termine les choses et je prépare le camion tôt avec les garçons pour être sûr de ne pas croiser Béatrice lorsque Sky partira. Je dépose les gars, vais à la station-service, puis me dirige vers le lieu de rendez-vous avec Sky.

Je vais enfin pouvoir la voir.

Cela ne fait qu'une semaine, mais cela semble bien plus long, et quand je m'arrête sur le parking en terre battue et que je vois une berline marron déjà garée là, mon cœur fait un bond.

Ce doit être elle.

Je m'arrête à côté et me gare, et bien sûr, elle est là, assise à l'intérieur, m'attendant.

Je klaxonne et je ris pendant qu'elle saute, ce qui fait trembler ses seins parfaitement. La robe qu'elle porte a peut-être un joli motif et est coupée modestement, mais le support de Sky est tout simplement trop pour un mouvement comme celui-là. Je me sens déjà excité.

Elle fronce les sourcils à travers la vitre. Je sors du camion et fais le tour pendant qu'elle descend.

"Est-ce que je t'ai fait peur ?"

"J'ai failli mourir ! Je t'envoyais juste un texto pour te dire que j'étais là ! Où en sommes-nous maintenant ? demande-t-elle en regardant autour d'elle. Nous sommes entourés de bois avec seulement quelques poteaux délimitant le petit terrain et quelques pierres de granit indiquant le début d'un chemin.

"C'est ici que vous emmenez les filles pour les tuer ?"

"Ah, tu m'as compris", je ris en attrapant mon sac à dos dans le camion. "Allez. Tu vas adorer ça.

En lui prenant la main dans la mienne, je me sens chez moi comme je ne l'avais jamais ressenti auparavant. J'avale difficilement et essaie de me calmer. Je ne peux pas être aussi excité si tôt dans ce que j'ai prévu pour elle. Mais le fait que je la baise depuis six jours et qu'elle soit maintenant juste à côté de moi ne me facilite pas la tâche.

Je vais l'avoir.

Je vais la réclamer.

Je vais la posséder.

Mes yeux continuent de dériver vers son décolleté phénoménal alors que je la conduis à travers les bois. De grandes planches de bois ont été disposées pour former des marches en bois de fortune, et à mesure que nous progressons, le bruit de l'eau qui coule remplit l'air.

Sky me regarde. "Est-ce un...?"

"Une chute d'eau." Je souris.

Son visage s'illumine instantanément. Dieu m'aide, elle est tout simplement trop magnifique.

"Je ne savais pas qu'il y avait une cascade par ici!"

"Peu de gens le font", je réponds alors que nous sortons des arbres pour rejoindre le belvédère. "Mais je voulais le partager avec vous."

Je l'entends haleter alors qu'elle admire l'intégralité de la vue. L'eau coule bien aujourd'hui, dévalant la falaise juste devant nous pour se déverser dans la piscine en contrebas. Je la sens resserrer sa prise autour de ma main comme une petite fille s'accrochant à la main de son père pour se rassurer. Je la regarde alors qu'elle regarde tout cela et je me souris. J'espérais qu'elle adorerait ça. Et elle le fait.

"C'est magnifique", dit-elle doucement en me regardant.

"Non, c'est relaxant", je réponds. "Tu es belle."

Elle se mord la lèvre et me regarde d'une manière qui me rend complètement certain que je tombe éperdument amoureux d'elle. Je ne sais même pas comment je le sais – je le sais simplement. Je ne pense pas que je pourrais l'articuler si j'essayais. C'est juste un sentiment que j'ai en moi quand je la regarde. Un sentiment qui m'envahit en ce moment.

Je tombe amoureux de Sky.

Chapitre 6

CADE

« Arrête de me regarder comme ça », murmure-t-elle. "Tu me fais rougir."

"Bien", je réponds. «Tu es mignon quand tu rougis. Maintenant, allons à l'eau.

Comme un marié le jour de son mariage, je prends Sky dans mes bras, la faisant crier adorablement, et je la porte jusqu'à l'étang.

Le soleil brille à travers les arbres sur la petite plage de sable, je la dépose, sors deux grandes serviettes de plage de mon sac et les étale pour nous.

« Wow, vous êtes venu préparé », remarque-t-elle.

Sans hésitation, j'enlève mes vêtements et les jette de côté. Sky essaie de cacher sa surprise, mais elle est inscrite sur son visage alors que son rougissement s'accentue.

"Rejoignez-moi pour nager?" Je demande avant de plonger dans l'eau.

Il fait froid, mais pas glacial comme d'habitude. Je m'approche et me retourne pour la voir debout, hésitante, sur le sable.

"Allez, chat effrayé!" J'appelle.

"Je n'ai pas peur!"

"Alors viens!" Je souris en retour. "Ce n'est pas comme si tu avais beaucoup de vêtements à enlever."

Un sourire se dessine sur ses lèvres. "Je n'ai jamais fait de baignade maigre auparavant."

"Non? Eh bien, c'est le bon moment, comme toujours ! »

Elle n'a même pas enlevé une once de vêtements et je suis déjà sacrément dur alors que je marche sur l'eau. Mais alors qu'elle sort de son appartement, ma bite devient une tige d'acier brûlant.

Je ne vais pas survivre très longtemps sans mettre la main sur elle, mais elle met une éternité à se mettre nue. Je ne peux pas dire si elle est nerveuse ou si elle prend délibérément son temps pour essayer de me taquiner. Quoi qu'il en soit, elle se déshabille comme si elle bougeait au ralenti, et j'écume à la bouche comme un chien en chaleur.

Alors que le bas de sa robe remonte sur ses hanches, je vois qu'elle ne porte pas de culotte, me dévoilant sa jolie petite chatte, scintillante au soleil comme une petite pêche juteuse. Je peux déjà voir la nappe de son excitation couler de sa fente, me faisant me lécher les lèvres par anticipation.

Elle continue, révélant son ventre plat et ses seins d'adolescent parfaits et gais.

Je me penche et commence à me caresser sous l'eau alors qu'elle se penche et pose sa robe sur la serviette que je lui ai apportée, puis je me dirige vers le bord de l'eau et teste la température avec son pied.

"Il fait froid!"

"Tais-toi et entre ici!" Je ris.

"C'est!"

"Entrez ici ou je vous entraîne!"

Sky me fait un sourire espiègle et boudeur, puis court, se bouche le nez et fait quelque chose qui ressemble à un boulet de canon dans l'eau à côté de moi. Elle arrive, les cheveux trempés, riant alors qu'elle les écarte de son visage et couine de froid.

"Il fait froid!"

"Allez, ce n'est pas si mal", je ris.

"Il fait froid!"

"D'accord, il fait un peu froid", j'accepte, en lui tendant la main, en la prenant par la taille et en la tirant plus près. Son corps est si doux et la douceur de l'eau ne fait qu'ajouter à la sensation lorsque je passe mes doigts sur son corps, jusqu'à sa taille et sur ses seins alors que nous marchons dans l'eau l'un à côté de l'autre.

"Je vais te réchauffer, bébé."

Sa chatte vierge est si proche maintenant. Je peux le sentir m'attirer, comme s'il m'appelait, implorant ma bite.

Je me penche et presse mes lèvres contre les siennes, tout en déplaçant ma main vers la tasse et en écartant ses fesses pendant que je glisse mon acier entre ses jambes pour qu'elle puisse sentir mon excitation. Elle halète dans ma bouche, gémissant pour ce que je dois lui donner.

Je lui prends la main et nage jusqu'au rivage, l'entraînant avec moi. Nous marchons ensemble sur le sable et je l'allonge sous moi sur les serviettes. Ses jambes s'ouvrent et elle me montre son sexe, les parfaites petites lèvres de sa chatte vierge où elle veut que ma bite épaisse et dure aille.

Mais d'abord, je me penche et fais glisser ma langue de son trou à son clitoris dans un mouvement délicieux, faisant se tordre tout son corps alors qu'un gémissement sensuel s'échappe de ses lèvres.

"Oh mon Dieu, papa", gémit-elle alors que je m'allonge sur elle.

Est-ce qu'elle vient de m'appeler papa ?

Ma bite palpite de désir tandis que je frotte le bout à travers l'humidité glissante et dégoulinante de son canal. Je souris tandis que ses hanches se redressent en réponse.

Elle le supplie.

Elle veut tellement que je la remplisse. Nous mourons tous les deux pour ça, et ça va enfin arriver.

Je suis un animal alors que j'embrasse chaque centimètre de son cou, en me déplaçant de plus en plus bas jusqu'à ce que mes lèvres s'enroulent autour de son mamelon. Les pensées les plus sales remplissent mon esprit alors que je deviens de plus en plus possédé par le fait de posséder cette femme – de la revendiquer comme mienne.

Cette petite chatte vierge est à moi, n'est-ce pas ?

Tu ne viendras pour personne d'autre que moi.

Je vais te frapper dans chaque vêtement que tu possèdes.

Je vais avoir une domination et une propriété complètes et totales sur elle. Je n'ai jamais ressenti cela à l'égard d'une femme auparavant et je n'ai aucune idée d'où cela vient. Quelque chose chez elle me rend fou et je ne peux plus me retenir.

J'avance et glisse ma bite en elle.

Sky gémit bruyamment alors que les premiers centimètres pénètrent dans sa petite chatte vierge et serrée. À ma grande surprise, elle ne bronche même pas. Elle le prend comme une gentille fille, et je baisse les yeux tandis que mes centimètres disparaissent dans sa chatte dégoulinante.

«Regarde-toi», je grogne. "Quelle bonne petite fille."

Et puis je ressens une résistance.

"Je vais prendre ta cerise maintenant, Sky. Cela peut faire un peu mal.

"C'est bon", répond-elle en enroulant ses bras autour de mon cou. "Je te fais confiance, papa."

Encore papa.

J'applique plus de force et sa cerise cède. Elle gémit et m'embrasse dans le cou alors que je clame son innocence, mais encore une fois, elle ne montre aucun signe de douleur. C'est comme si nous étions censés l'être.

"C'est ça. Bonne fille," dis-je doucement alors que je commence à la baiser. Son corps recule, presque instinctivement comme il était programmé, bougeant au rythme de mes hanches. C'est un miracle absolu. Je ne saurai jamais ce que j'ai fait pour la mériter.

Ma bite palpite de plaisir et mon cœur bat comme un tambour dans ma poitrine pendant que je la prends.

Ses seins dodus se pressent contre ma poitrine à chaque poussée. Je rapproche son visage et l'embrasse profondément alors que je me sens déjà approcher du bord. Mais je dois me retenir. Elle doit y arriver aussi. Que suis je? Un type égoïste qui ne laisse pas sa copine venir ?

Certainement pas.

Je me concentre dur et je me tends, je m'enfonce au plus profond d'elle, lui donnant tout ce que j'ai pour m'assurer qu'elle aime chaque seconde de cela. Et elle le fait. Elle le fait vraiment.

"Baise-moi, papa..." gémit-elle. Je ne sais pas pourquoi, mais le fait qu'elle parle ainsi m'excite vraiment.

Sa petite chatte excitée serre ma bite. Ses hanches se balancent avec les miennes. Son corps se heurte à moi alors que je lui attrape les joues gonflées et que je la fais rouler sur moi, la perçant avec ma bite, qui ressemble maintenant à une puissante lance dont le seul travail est de l'empaler.

Vous n'êtes plus vierge, n'est-ce pas ?

Je lève les yeux alors que la lumière du soleil capture ses seins, rebondissant de haut en bas à chaque poussée que je lui donne, son visage tordu de plaisir, et je lève la main, attrape sa nuque et la tire vers le bas pour m'embrasser pendant que je sens son orgasme. commencer.

"Putain", gémit-elle juste avant que ses lèvres ne rencontrent les miennes.

Son point culminant la berce, faisant trembler tout son corps contre le mien.

C'est sublime.

Le tout petit gémissement qu'elle laisse échapper alors qu'elle devient tendue ne fait que me faire jouir en même temps, pompant ma semence dans sa petite chatte coquine, traitant mes couilles à sec pendant que j'enduis ses murs de mon sperme.

Nous nous abandonnons l'un à l'autre et partons vers un endroit surnaturel, chevauchant les hauteurs jusqu'à ce que nous redescendions et qu'elle tombe dans mes bras, où je la tiens jusqu'à ce que nous revenions enfin tous les deux à la raison. Je ne sais pas combien de temps cela prend, et je m'en fiche. Tout ce que je sais, c'est que je viens de vivre le moment le plus incroyable de ma vie.

"Tu es incroyable", murmure-t-elle.

"Tu ne vas pas m'appeler papa?" Je taquine.

Sky se redresse et me regarde avec embarras. "Je ne t'ai pas fait bizarre avec ça, n'est-ce pas ?"

« C'était nouveau », je l'avoue. "Mais je dois dire que j'ai aimé ça."

Cela lui fait sourire.

"Ouais?"

"Ouais", je réponds en passant doucement un doigt sur son clitoris, provoquant des contractions de tout son corps. Elle rit et je me rapproche. "Que dirais-tu si tu m'appelais papa et que je t'appelais ma petite fille ?"

Les yeux de Sky s'écarquillent un instant, puis elle acquiesce.

"Je dirais... maintenant tu parles !"

Chapitre 7

SKYLAR

Je me réveille au son terrible de la sonnerie de mon téléphone et je me retrouve à regarder un Sky sombre rempli d'étoiles.

J'essaie de m'asseoir mais je n'y parviens pas car quelque chose d'énorme est au-dessus de moi. Je regarde et vois Cade, nu et profondément endormi, son bras autour de moi.

Et puis tout me revient en courant : le trajet jusqu'ici, la marche jusqu'aux chutes, la baignade maigre et l'entrelacement époustouflant de nos corps.

Je lui appartiens maintenant. Mon monde est changé à jamais.

Je souris, mais mon téléphone sonne toujours et il n'y a vraiment qu'une seule personne qui pourrait m'appeler en ce moment. Je me glisse sous le bras de Cade, récupère mon sac et réponds avant qu'il n'atteigne la messagerie vocale.

"Hé, papa", dis-je, faisant de mon mieux pour donner l'impression que je ne viens pas de me réveiller ou que je ne me suis pas précipité pour répondre. Cade s'agite à côté de moi et s'assied.

"Qui est-ce?" il demande beaucoup trop fort. Je me retourne et lui fais taire. Il comprend le message.

« Hé, puddin », dit mon père. « J'appelle juste pour savoir où tu étais. Je faisais quelques courses, je suis rentré à la maison et tu n'étais pas là.

« Oh, je suis juste avec Misty. Tu te souviens de la fille du salon de tatouage ?

"N'est-elle pas votre patron?" demande mon père.

"Un peu, mais pas vraiment. C'est plus complexe que ça.

Il y a une longue pause et je sens ma tension artérielle augmenter.

"C'est quoi ce bruit, puddin' ?"

"Son?" Je demande.

"Ouais, on dirait que tu es dans une soufflerie ou quelque chose comme ça. Ou vous êtes au bord de rapides ou quelque chose comme ça.

Je soupire et je ris presque, réalisant que mon père a remarqué le bruit de la cascade qui se précipite dans l'étang.

"Oh, nous conduisons juste avec une vitre baissée", je réponds. "Alors tu rentres ce soir ?"

J'ai hâte de changer de sujet de cette conversation. Je déteste mentir à mon père et je ne veux pas que cela aille plus loin et que je doive mentir encore plus.

"Ouais. Je viens d'être appelé. Il y a des restes dans le frigo si vous les voulez. Je vais travailler toute la nuit. Je ne vous verrai probablement pas avant demain après-midi.

« Oh, je suis désolé, papa. Tu travailles trop dur. Si seulement Béatrice pouvait... »

« Nous devons tous tracer notre propre chemin dans la vie, puddin' », l'interrompt-il. « Faites attention. Je te verrai demain.

"Prends soin de toi, papa."

Il raccroche et je pose mon téléphone en soupirant. Cade me prend instantanément dans ses bras. "Qu'est-ce qu'il y a, bébé ?"

«Mon père», je réponds. « Il se démène pendant que ma tante vit là-haut et accumule tout son argent pour elle. C'est absurde."

"Je suis désolé, Sky," dit gentiment Cade. "Si je pouvais faire quelque chose, n'importe quoi pour réparer ça..."

"C'est bon", dis-je rapidement. "Ce n'est pas de ta faute. Mais sur une bonne note, toi et moi avons ma place pour nous seuls toute la nuit. Autrement dit, si tu as envie de le passer avec moi... »

« Tu es sérieux en ce moment ? demande Cade.

Je suis tellement interloqué qu'un son étrange sort de ma gorge. Heureusement, Cade sourit et je me calme immédiatement. "Je veux passer tout le temps que je peux avec toi, Sky."

Je me sens ridicule maintenant de penser qu'il aurait rejeté mon offre.

Dieu, son corps est incroyable sous la lueur de la lune qui met en valeur la courbure de ses muscles comme la statue d'un dieu grec.

Il traîne ses yeux sans vergogne le long de mon corps, m'inculquant une confiance comme je n'en ai jamais connue. Non seulement je me sens désirée lorsque je suis en compagnie de Cade, mais je me sens aussi plus féminine que jamais. Je me sens réellement sexy et en contact avec mon corps.

Et je ne suis plus vierge...

"Alors tu veux recommencer ici ?" » demande Cade en regardant sa queue, qui est sur le point d'être au garde-à-vous. "Ou devrions-nous attendre de revenir chez toi?"

Le simple fait de voir son excitation réveille à nouveau cette sensation floue entre mes jambes. C'est comme la première fois que nous nous sommes rencontrés, mais en bien plus puissant maintenant que je sais ce que ça fait de l'avoir en moi.

"Aussi fort que je te désire," je murmure, "je commence à avoir froid ici."

"Tu as raison. Il fait froid », rit Cade. Il se lève et je m'émerveille une fois de plus devant son physique. Sa queue pend entre ses jambes comme un bras de bébé. "Rentrons."

Je ne peux pas le quitter des yeux pendant qu'il s'habille, et il me tient fermement la main pendant que nous retournons à son camion. Il me tient même la porte ouverte et la ferme une fois que je me suis glissé à l'intérieur, tout comme mon père le faisait pour moi quand j'étais petite.

Sûr.

C'est ce que je ressens avec Cade. Parmi tant d'autres choses.

Sûr.

La maison de Cade se trouve à quelques minutes en voiture, qui se trouve en fait du côté de la ville où habite ma tante. Ce n'est pas le côté ultra luxe où vivent les ultra-riches, mais ça reste sympa, surtout comparé au parc à roulottes où j'habite.

"Wow", je remarque alors que nous nous approchons. "Vous devez bien faire pour vous-même."

Cade sourit. « Il a fallu beaucoup de temps pour arriver ici, je vais vous le dire. Et j'ai encore un long chemin à parcourir.

Cet homme devient de plus en plus impressionnant. Ce côté de la ville est celui que nous appelons le « vieil argent », c'est-à-dire la richesse générationnelle, les gens dont les parents étaient riches et leur ont laissé un héritage substantiel. Le fait que Cade soit arrivé jusqu'ici tout seul témoigne de son caractère.

Nous enlevons nos chaussures à la porte et il me conduit dans la cuisine.

« Je ne suis pas sûr de ce que j'ai dans le réfrigérateur », dit-il. "Mais nous pourrions toujours commander quelque chose..."

"Tu veux bien laisser ta nouvelle femme cuisiner pour toi, papa?"

Il sourit. "Oh, je laisserai ma nouvelle femme faire n'importe quoi pour moi."

Me sentant tout flou à l'intérieur, j'ouvre le réfrigérateur et découvre qu'il a du saumon frais qui ne demande qu'à être cuit. Je le lui tiens.

« Tu veux goûter ma recette secrète ? »

"N'ai-je pas déjà goûté ça?" demande-t-il avec un sourire narquois.

Je feins la timidité et mets une main sur ma bouche bée. «Espèce de sale, sale homme!»

Cade rit en s'approchant et enroula ses bras autour de ma taille. "Tu aimes ça."

Il sort et allume les braises pour le foyer pendant que je prépare le dîner. Au moment où le saumon et la purée de pommes de terre sont terminés, il a déjà une table dressée et des boissons servies pour nous. Il ne me reste plus qu'à préparer les repas en femme dévouée que je suis ce soir.

Je ne peux même pas expliquer à quel point cela me fait chaud et flou de franchir la porte et de placer l'assiette que je viens de cuisiner devant lui. Il me regarde et sourit, la lumière du feu dansant sur sa mâchoire et ses pommettes parfaitement ciselées, puis il tend la main et m'attire pour un baiser.

"Merci cheri."

"Bien sûr." Je souris.

Je me concentre attentivement alors qu'il prend sa première bouchée. Je suis pratiquement sur le bord de mon siège. Et quand son visage s'illumine, un sentiment merveilleux m'envahit.

"Aimez-vous?" Je demande.

« Vous pourriez être un chef professionnel », répond-il. Je ris. "En parlant de ça, je ne pense pas que tu m'as jamais dit ce que tu fais à part me rendre fou avec ta beauté sexy."

S'il faisait plus clair ici, il me verrait rougir comme une folle en ce moment.

"Eh bien, je viens de commencer mon apprentissage au salon Dark Forrest Tattoo."

"Vraiment? Vous devez être un artiste talentueux.

Mille ampoules s'allument simultanément en moi. À part Misty et mon père, Cade est la première personne à montrer un réel intérêt pour la passion de ma vie. Je suis presque à court de mots.

« Merci... »

« J'aimerais voir votre portfolio un jour », dit-il. "Si tu me le montrais."

Je sens de l'humidité se développer dans mes yeux. Je ne peux pas pleurer maintenant. Mangions!

"J'adorerais ça", dis-je avec un sourire. « Et toi ? Vous allez continuer votre entreprise d'aménagement paysager ?

Cade hoche la tête. « Continuez et développez en fait. Je veux trouver des investisseurs pour pouvoir embaucher plus de gars et obtenir plus de camions pour pouvoir travailler dans plus de maisons. Gagnez ainsi beaucoup plus d'argent.

« Donc, en gros, vous dirigiez simplement l'entreprise ? Réservez des emplois, établissez le calendrier, puis envoyez vos gars ? »

Cade rit et secoue la tête. « Non, j'embaucherais quelqu'un pour ça. Je serais toujours le patron, mais je devrais travailler de mes mains. C'est ce qui me permet de me sentir en vie. Vivre enfermé dans un bureau à regarder un écran d'ordinateur toute la journée ? Non, merci."

J'aime cet homme.

J'aime à quel point il est viril. J'aime à quel point il a été prévenant cette nuit-là à l'arrière de son camion.

J'aime la façon dont il a planifié notre voyage à la cascade parce qu'il voulait que ma première fois soit spéciale. J'aime la façon dont il se soucie de ma passion dans la vie.

Et j'aime la façon dont il en a un à lui.

Nous nous asseyons ensemble près des braises, mangeons, discutons et regardons les étoiles jusqu'à ce que nos assiettes soient propres. Je me lève et propose de les emmener dans la cuisine, mais il refuse de me le permettre.

« Tu as cuisiné, je nettoie. C'est comme ça que ça marche.

Je me tiens près de l'îlot de cuisine et le regarde devant l'évier pendant qu'il lave la vaisselle à la main et la place dans un étendoir. Il y a juste quelque chose de si sensuel à le voir faire des choses. Je m'en fiche de ce que c'est, je pourrais le regarder pendant des heures.

Il se retourne vers moi et sourit. « Je sais que j'ai un lave-vaisselle, mais je ne l'utilise jamais. J'ai grandi dans la pauvreté et nous n'en avons jamais eu, donc je suppose que c'est simplement ancré en moi de faire la vaisselle à la main.

Je ne peux même pas répondre. Je reste là à le regarder, lui accordant toute mon attention. Un long silence s'ensuit alors qu'il traverse la pièce vers moi, observant chaque centimètre carré de mon corps avec ses yeux lubriques.

Au moment où il m'atteint, mes seins semblent rebondis sous ma robe et mes mamelons se plissent au garde-à-vous.

Il ne perd pas une seconde alors qu'il me plaque contre le mur et glisse une main entre mes cuisses, les écartant avec force pour obtenir ce qu'il veut. Sa main épaisse, rugueuse et calleuse glissant le long de ma cuisse jusqu'à mon sexe chaud fait battre mon cœur à tout rompre.

"Oh, tu es déjà mouillée, petite fille," grogne-t-il à mon oreille, prenant mon poignet et forçant ma main entre ses jambes. "Et tu ressens ce que ça me fait ?"

"Oui, papa", je gémis en tâtonnant son énorme renflement sous son jean.

"Enlève-le pour que papa puisse baiser ta petite chatte serrée", ordonne-t-il. Et docilement, j'obéis.

J'ouvre son bouton et tire sur sa fermeture éclair, et juste au moment où je m'efforce de baisser son pantalon, il glisse un doigt en moi et je sursaute comme si j'avais été frappé par un éclair.

"Oh, oui", ronronne-t-il. "Tu dégoulines déjà, bébé."

Toute pensée quitte mon esprit, mais je suis suffisamment conscient pour entendre le bruit de son pantalon frappant le sol.

La prochaine chose que je sais, c'est que je suis penchée sur l'îlot de la cuisine et Cade soulève ma robe par-dessus ma taille.

"Un cul parfait aussi", marmonne-t-il en pressant la couronne de sa queue contre mon entrée. « Y a-t-il quelque chose chez vous qui n'est pas parfait ? »

J'ouvre la bouche pour parler, mais avant que je puisse le faire, Cade glisse chaque centimètre de son énorme virilité au fond de moi.

Je crie.

Je m'agrippe au comptoir alors que chaque terminaison nerveuse de mon corps étincelle de plaisir.

La moindre douleur provoquée par sa circonférence qui m'étire est immédiatement submergée par l'incroyable bonheur qui m'envahit comme une vague dorée.

"Putain, cette chatte est bonne, petite fille", gémit-il alors qu'il pompe en moi, sa bite plus épaisse qu'une canette de Liquid Death, moulant mes parois intérieures à sa taille.

"Ouais ? Suis-je une bonne fille pour toi, papa ?

"Oh oui. Tu es bon pour papa », grogne-t-il en retour, m'arrachant le cul et m'écartant grand alors qu'il plonge sa bite encore plus profondément. Je halete lorsque je le sens tout en haut de mon ventre, comme s'il était sur le point de me creuser.

Je peux sentir mon humidité couler le long de l'intérieur de mes cuisses. Je suis tellement excité. Cade m'aide à prendre conscience de tellement de choses sur moi-même dont j'ignorais l'existence.

Mon sexe fléchit comme si j'avais un spasme musculaire pendant qu'il me pompe. Il me donne une fessée violente et je m'en vais, serrant sa queue alors qu'un puissant orgasme me saisit, faisant trembler mes jambes si fort que je faillis tomber.

Mais Cade m'attrape et me soutient, me pressant contre l'île alors qu'il enfonce profondément sa bite, pulvérisant sa semence en moi, augmentant mon orgasme mille fois.

Nous nous réunissons comme un couple qui danse. Je sens jet après jet de son lait épais et précieux recouvrir mes murs, ses mains fermement serrées autour de ma taille comme une énorme paire de pinces-étau.

J'ai la tête qui tourne.

Je ne peux pas penser. Je n'entends même pas bien. C'est comme être sous l'eau ou expérimenter l'un de ces effets de films hollywoodiens où tout semble en quelque sorte assourdi ou bourdonnant. Mais je sais que je gémis, et je sais que Cade gémit parce que je peux sentir les vibrations à travers sa poitrine, qui est fermement pressée contre mon dos.

Quelques instants s'écoulent avant qu'il ne s'échappe de moi. Il m'entraîne dans un baiser profond et délicieux et me soutient, ce qui est bien, car j'ai à peine la tête froide.

C'est ça que ça fait de se faire foutre la cervelle, je suppose.

"Allez, ma fille," me murmure-t-il à l'oreille. « Allons vous coucher.
»

Chapitre 8

CADE

Je me réveille devant ma belle et je vais à la fenêtre, je m'étire et je regarde la vue pêche et violette du soleil se levant sur mon jardin. Puis je me retourne et regarde quelque chose d'un million de fois plus magnifique.

Skylar dort dans mon lit.

Voilà : ma nouvelle raison d'exister.

Rien que de la regarder, mon pouls commence à se détraquer. Imaginer ce que ce serait de se réveiller à côté d'elle chaque matin comme ça fait palpiter ma bite entre mes cuisses. Je me penche sur elle et la respire profondément pendant que j'embrasse son épaule exposée et remonte son cou.

Elle gémit dans son sommeil, puis se réveille et me regarde. Ses cheveux sont complètement en désordre, ce que je trouve absolument adorable.

"Hé, papa", gémit-elle.

"Comment as-tu dormi, petite fille?"

"Eh bien, voyons voir... J'avais chaud, j'avais un bras bien fort sur moi, et sauf erreur de ma part, j'ai senti une grosse bite énorme à l'intérieur de moi au milieu de la nuit."

Je souris et secoue la tête. "Vous ne vous trompez pas." Je me penche et glisse deux doigts dans sa chatte. Ils sortent mouillés, dégoulinants de ma charge que j'ai laissée en elle quand je l'ai baisée amoureusement vers 2h00 du matin.

"Goûte-le", je commande.

Docilement, Sky suce le sperme de mes doigts et l'avale. Ses yeux s'illuminent et elle écarte sa lèvre inférieure.

"Comme ça, papa?"

"Juste comme ça", je réponds alors que ma bite gonfle. "Tu aimes son goût, n'est-ce pas ?"

Elle hoche la tête comme une vilaine petite poupée.

"Si charmant."

"Je veux t'emmener ici, ange," je grogne, pressant ma bite dure contre elle pour qu'elle puisse sentir mon excitation. « Mais j'ai aussi autre chose en tête. Viens avec moi."

D'un mouvement rapide, je soulève Sky du lit, la hisse sur mes épaules et la porte en criant jusqu'à la salle de bain principale attenante.

"Tu vois, c'est ce qui m'a vendu la maison, mon ange", dis-je en entrant dans l'incroyable douche à l'italienne. "Le reste n'est peut-être pas si beau, mais celui-ci est incroyable."

Sky regarde autour de lui avec admiration, tout comme je l'étais lorsque j'ai visité cet endroit pour la première fois. J'ouvre l'eau chaude alors qu'elle se dirige vers le long banc encastré dans le mur.

"Un banc? Vous plaisantez j'espère? Vous pourriez installer la moitié de notre caravane dans cette douche ! »

"Et tu sais à quoi sert ce banc ?" Je demande en la soulevant et en m'asseyant, la plaçant sur mes genoux pour qu'elle me regarde avec ses yeux parfaits.

"Qu'est-ce que c'est, papa?"

"Oh, je pense que tu sais."

L'eau chaude réchauffe la pièce, mais ce n'est pas la raison pour laquelle les joues de Sky deviennent rouges.

"Tu rougis."

« Vous avez un appétit incroyable », répond-elle. "Es-tu toujours comme ça avec les filles...?"

Je ris et secoue la tête. "Je ne passe jamais autant de temps avec des filles, Sky. Juste toi. Tu me fais ça. Maintenant, arrête de manquer de sécurité et mets ma bite en toi.

Les yeux de Sky clignotent, et elle se penche entre ses jambes et attrape ma tige raide. J'attrape ses seins dodus et je les serre pendant qu'elle les manœuvre et déplace ses hanches pour obtenir l'angle parfait. Un gémissement s'échappe de ses lèvres alors que je sens ma couronne étendre son trou, et c'est tout ce qu'il faut pour faire ressortir la bête en moi.

J'attrape ses joues nues et les écarte, tout en la tirant vers le bas sur mon manche, l'empalant sur ma bite dressée.

Nous crions tous les deux à l'unisson et je regarde tout son corps trembler. Elle halète et tombe en avant contre mon torse. J'attrape une poignée de ses cheveux mouillés et enroule mon bras autour de son corps pendant que je commence à la pomper. Elle ne sait pas encore monter une bite, mais je vais lui apprendre.

Tout comme un bon papa devrait le faire.

Mais pour l'instant, je ne fais que la baiser.

J'embrasse avidement son visage. Elle est tellement serrée. Ses jambes tremblent et ses adorables petits pieds ne touchent même pas le sol pendant qu'elle me chevauche. Elle est si petite comparée à moi. Les muscles de sa chatte serrent et massent ma bite à chaque pompe que je lui donne, comme ils étaient censés le faire.

Je lui donne une fessée forte, sentant mon apogée arriver. C'est tellement dur de s'habituer à sa sublime chatte. Je ne sais pas si je le ferai un jour.

Je me penche entre ses jambes et presse mon pouce contre son clitoris, ce qui lui fait pousser un gémissement qui se répercute sur les parois de la douche. Sa chatte est tellement trempée que chaque fois que nos corps se rencontrent, cela fait un bruit humide et giflant comme si deux mains applaudissaient.

"Continue à faire ça, papa," gémit-elle. "Tu me feras jouir."

"Es-tu une vilaine petite fille pour papa?" Je demande en glissant mon autre main autour de sa gorge, en appliquant juste la bonne pression.

Cela l'excite encore plus. Elle se penche dessus, implorant plus. Alors je lui en donne plus.

"Oui", s'étouffe-t-elle. "Je le suis, papa."

Je m'enfonce plus profondément. Frappez plus fort.

Ma bite palpite et palpite de désir. Mes couilles sont remplies de graines encore chaudes, prêtes à lui être pompées.

"Oui, tu es une mauvaise petite fille", je grogne, la frappant de plus en plus fort, frottant son clitoris de plus en plus vite alors que mon orgasme se précipite sur moi. "Viens pour moi, sale fille. Viens sur ma bite.

"Je viens !" Le Sky crie.

Ses deux jambes se serrent contre les miennes alors qu'elle s'en va. Elle rejette la tête en arrière et l'humidité jaillit de sa petite chatte juteuse, éclaboussant tout mon bas-ventre. Sa chatte serre ma bite, me faisant exploser alors que mon propre orgasme me fait presque perdre connaissance.

Mes couilles se contractent et ma bite palpite tandis que ma graine se répand profondément dans son trou. J'aurais aimé avoir une sorte de tasse dans laquelle l'attraper afin de pouvoir voir la quantité que j'ai produite car cela doit être beaucoup. Ma bite fléchit encore et encore alors que je lui injecte de plus en plus de ma douce graine. Il me faut toutes mes forces pour ne pas l'étouffer trop fort car tous les muscles de mon corps se tendent en même temps.

Aucun de nous ne peut parler pendant un certain temps. Finalement, je reprends mes esprits et je l'allonge sur le banc à côté de moi. Elle est toujours haletante et je regarde sa poitrine se soulever et descendre avec ses beaux seins montagneux. Mes yeux descendent vers sa chatte serrée d'adolescente, qui laisse couler mon sperme alors qu'elle se bat pour reprendre son souffle, et tout ce que je peux penser, c'est : Tu es un très, mauvais homme.

Et nous l'aimons tous les deux.

J'allume les pommes de douche à effet de pluie et j'utilise le gel douche et le luffa sur Sky alors qu'elle se remet encore de ce qu'elle dit être « son orgasme le plus fou de tous les temps ». Il y a quelque chose de si intime là-dedans. J'ai l'impression de prendre soin d'elle. Je n'ai jamais donné de bain à quelqu'un auparavant, c'est donc une première pour moi et je peux le partager avec Sky.

Une fois que nous avons fini et séché, nous descendons préparer le petit-déjeuner, mais quand je vois Sky debout près de l'évier, me demandant combien d'œufs j'aimerais qu'elle me prépare, quelque chose en moi bouge, et je ne le fais pas. je vois juste une belle fille qui cherche à me plaire ; Je vois mon avenir.

"Je veux que tu viennes vivre avec moi, Sky." Son visage change instantanément. Elle a l'air déconcertée et je ne lui en veux pas. "Je sais que cela avance vite et semble soudain, mais je le pense."

« Cade, je... »

« Jusqu'à présent, tout ce que j'ai connu, c'est le travail. J'ai grandi avec rien et cela m'a donné envie de faire quelque chose de moi-même. Je voulais prouver à tout le monde que je pouvais être plus que là d'où je viens.

Sky hoche la tête. "Je comprends que."

Je sais qu'elle le fait.

« Je voulais pouvoir gâter mes parents pour qu'ils puissent prendre une retraite anticipée. Mais une nuit, un accident de voiture me les a enlevés.

Le visage de Sky change à nouveau, envahi par le choc et la sympathie, confirmant que j'ai fait le bon choix en me laissant aimer.

«Je... j'ai perdu ma mère aussi.»

Je sens notre lien se renforcer. C'est comme une chaîne en acier de cœur à cœur, chaque maillon se forgeant de plus en plus fort à mesure que je la regarde.

"Alors tu sais ce que c'est."

"Oui." Elle acquiesce.

« Le travail est devenu mon évasion. Les filles entraient et sortaient de ma vie, mais je n'ai jamais laissé personne s'approcher. Je ne pouvais plus perdre quelqu'un qui me tenait à cœur. Cela me briserait pour de bon. Mais ensuite je t'ai rencontré, Sky. Et maintenant, je sais que je regarde ma fille pour toujours.

Des larmes se forment au fond de ses magnifiques yeux.

"Cade..."

Je m'approche et prends ses mains dans les miennes.

« Je ne peux pas savoir ce que la vie m'apportera. Mais je sais que je ne peux plus passer du temps enfermé loin du monde. Et c'est toi qui m'as fait comprendre ça. Alors s'il te plaît, mon ange. Viens vivre avec moi.

Ses yeux me quittent. Ils bougent. Elle réfléchit. Contempler.

Et je comprends. Je viens de lui lancer une bombe.

Mon coeur bat la chamade. L'adrénaline me traverse. J'ai l'impression d'être debout au bord d'un précipice, regardant les étoiles où Sky et moi pourrions planer ensemble, mais en dessous de moi se trouve la mer rugissante, attendant juste de m'engloutir si cela tourne mal.

Je ne me suis jamais exposé comme ça auparavant. Jamais.

Puis je sens Sky frotter le dos de ma main avec son pouce. Elle est si délicate et me regarde avec des yeux tendres tandis qu'une seule larme coule sur sa joue.

Elle acquiesce.

"Bien sûr, je viendrai vivre avec toi, Cade."

Chapitre 9

Je regarde Misty alors qu'elle termine un énorme morceau sur le dos d'une fille. Je devrais vraiment y prêter beaucoup plus attention qu'à tout le travail qu'elle a accompli, mais encore une fois, je me noie dans les pensées de Cade.

Les derniers jours, c'était comme être aspergé d'un liquide à briquet orgasmique et allumé un feu qui s'est transformé en un pur bonheur. C'est l'homme le plus incroyable au monde, et j'ai essayé de trouver une raison rationnelle pour expliquer pourquoi j'ai eu la chance de le rencontrer, mais je n'y arrive pas.

Peut-être que c'est l'univers qui s'équilibre pour avoir donné le cancer à ma mère il y a toutes ces années et me l'avoir enlevée. Ou peut-être est-ce parce que mon père et moi avons été forcés de vivre sous l'ombre de ma terrible tante pendant toutes ces années. Ou peut-être est-ce parce que j'ai dû vivre dans le quartier le plus pauvre de la ville tout en regardant mon père se suicider lentement en travaillant beaucoup trop d'heures semaine après semaine au fil des années.

Je suppose que cela aurait du sens si je croyais en une sorte de balance universelle ou en un Dieu bienveillant qui veille sur moi. Mais après toutes ces années, je suis presque sûr que ma foi dans ce genre de choses m'a été arrachée.

Tout ce que je sais, c'est que j'ai réussi à rencontrer Cade, et c'est la meilleure chose qui me soit jamais arrivée. Je ne vais pas me demander pourquoi. Je vais juste l'accepter et passer à autre chose.

Je ne suis pas non plus une personne superstitieuse, mais je ne veux pas passer trop de temps à me demander pourquoi et finir par me le faire arracher, tout comme ma mère.

«Donc pas de bain pendant deux semaines», j'entends Misty dire à son client, me sortant de ma stupeur. « Les douches, c'est bien. Vous connaissez le marché.

Je me lève, je souris et je fais tout le travail de nettoyage pendant que Misty l'accompagne. Lorsqu'elle revient à son poste, je la sens me donner un coup dans le dos.

"Qu'est-ce qui t'arrive aujourd'hui ?" elle demande. "Tu avais l'air distrait."

"Ouais, désolé pour ça..."

"Laisse-moi deviner." Elle fait semblant de réfléchir. "Vous et Cade avez fait de l'anal pour la première fois."

"Quoi!?" J'ai éclaté de rire. "Non!"

« Mauvaise première hypothèse », rit-elle. « Mon ex a toujours voulu faire ça. C'est quoi ces mecs et l'anal ? Je lui disais toujours qu'il y avait un très bon trou juste là, conçu pour ta bite, tu sais ?

Toujours en train de rire, j'acquiesce. "Totalement. Mais non, en fait Cade m'a demandé d'emménager avec lui.

Les yeux de Misty s'écarquillent et elle s'assoit, m'attirant vers la chaise à côté d'elle. Elle attrape une boisson gazeuse pour nous deux et me donne le feu vert.

"Dis moi tout."

Je m'y plonge directement, de la cascade, à la préparation du dîner chez lui et à tout le plaisir que nous avons eu après, à la façon dont il m'a réveillé le matin et au temps que nous avons partagé dans son incroyable douche à l'italienne. Pour une raison quelconque, je me sens beaucoup plus à l'aise pour partager. C'est peut-être parce que je me rapproche de Misty, ou peut-être est-ce le résultat de la proposition de Cade et de la façon dont elle m'a changé.

"Alors il veut que tu viennes vivre avec lui ?" demande-t-elle, choquée mais dans le bon sens. "Et qu'est-ce que vous avez dit?"

"Je lui ai dit... je le ferais."

"Wow, ma fille." Des sourires brumeux. "Tu craques vraiment pour lui, n'est-ce pas ?"

J'acquiesce en rougissant. "Je suis."

"Pensez-vous que vous l'aimez?"

C'est étrange d'entendre la question posée à voix haute. Je pense que j'y réfléchis depuis un moment maintenant ; Je n'y ai tout simplement pas vraiment pensé directement jusqu'à ce moment. Mais il ne me faut même pas une seconde pour répondre.

"Oui." J'acquiesce. "Je fais."

"Wow", répond Misty, son visage illuminé.

« Et je suis votre conseil. Au diable ma tante et au diable son argent. Elle pourra dire ce qu'elle veut quand elle le découvrira. Je m'en fiche. Je vais suivre mon cœur.

"Bien pour vous!" Dit Misty en levant son eau de Seltz comme une bière.

"Bon sang ouais!" Je ris, l'acclamant avec le mien.

Nous prenons tous les deux de grosses gorgées comme si nous étions deux camarades de classe au bar.

J'entends la porte sonner derrière moi et je regarde l'expression entière de Misty changer. Elle fronce les sourcils et regarde celui qui vient d'entrer. Par réflexe, je ne peux m'empêcher de me retourner, et quand je vois de qui il s'agit, tout mon corps se tend et un frisson m'envahit.

Ma tante Béatrice entre dans le salon, le nez en l'air, comme si tout l'endroit puait. Je me détourne instantanément, faisant de mon mieux pour me cacher, mais elle me repère.

« Bonjour, Skylar ! » elle appelle. J'entends ses pieds à talons hauts claquer sur le sol alors qu'elle s'approche. "Je pensais venir te rendre visite au travail."

Je me retourne sur ma chaise et me force à sourire, ce qui me fait mal aux joues quand je le fais.

"Oh hé, tante Béatrice."

Misty me lance un regard et dit : C'est elle ? Je hoche discrètement la tête.

Béatrice jette un coup d'œil autour du salon et souffle de l'air avec ses lèvres. « Pourquoi les gens se couvrent-ils d'encre comme s'il s'agissait d'une tapisserie ? Je ne le comprendrai jamais.

"Certaines personnes aiment ça", intervient Misty, attirant l'attention de Béatrice.

Ouais, donne-le-lui !

"Et tu es?"

« Je m'appelle Misty. Je travaille ici. Sky est mon apprenti.

Béatrice hoche la tête. Ses yeux parcourent les tatouages de Misty, visiblement peu impressionnés.

"Eh bien, Misty, si cela ne vous dérange pas, j'aimerais parler avec ma nièce."

Misty me regarde comme pour me dire qu'elle restera là pour me soutenir si j'en ai besoin. Mais j'acquiesce pour lui faire savoir que tout ira bien, et elle se lève pour se rendre au poste de Brian. Béatrice prend place et me lance un regard furieux.

Il y a un long silence inconfortable avant qu'elle ne parle réellement.

"Je sais pour toi et Cade."

« Et... et nous ? »

"Saviez-vous qu'il m'a vu nu?" elle demande. Cela m'arrête dans mon élan. Béatrice est peut-être une garce au cœur froid, mais je ne l'ai jamais connue comme une menteuse.

Même ainsi, c'est quelque chose que je ne peux tout simplement pas supporter.

"Connerie."

"Oh, c'est tout à fait vrai." Elle sourit. « Cela fait des semaines qu'il essaie de me séduire. Je savais que tout ce qu'il voulait, c'était que j'investisse dans son entreprise, bien sûr. J'ai vu clair en lui et je l'ai refusé, alors maintenant il s'en prend à toi. Il pense qu'il peut m'atteindre à travers toi.

Mon cœur bat la chamade. Je sens déjà des gouttes de sueur sur mon front et je les essuie du revers de la main.

"Cade ne..."

"Oh, viens maintenant, Skylar. Vous ne pouvez pas être aussi naïf. C'est un homme. Les hommes adorent utiliser les femmes. Que ce soit pour le sexe, l'argent ou les deux. Et Cade pense que tu lui donneras les deux.

Je ne veux pas le croire. Je ne peux pas. La douleur dans mon cœur est tout simplement trop forte.

"Non", je réponds fermement. "Je lui ai déjà dit que tu ne partageais pas avec moi."

« Et je lui ai dit que si tu étais une bonne petite fille qui se mariait, je pourrais reconsidérer ma décision », dit-elle en souriant comme un serpent. « Comme ça, il sait où son pain est beurré. Ne vous a-t-il pas mentionné qu'il souhaitait développer son entreprise avec de l'argent d'investissement ? »

Notre conversation d'hier soir me revient en mémoire.

Ce n'est pas possible.

Béatrice n'a même pas besoin d'attendre ma réponse. C'est écrit sur mon visage.

"C'est bon, chérie", dit-elle en me tapotant le genou. « Nous devons tous vivre notre première trahison. Je pensais juste que je te le ferais savoir avant que tu ne te lances trop profondément avec lui.

Tout ce que je peux faire, c'est la regarder fixement tandis qu'elle se dirige vers la porte et sort.

Je suis tellement idiot que je n'y avais même pas pensé avant. Je n'avais même pas pensé que Cade serait intéressé par l'argent de ma tante. Qu'est-ce qui ne va pas chez moi ?

Misty se précipite rapidement et s'assoit.

"Wow, tu avais raison sur le fait qu'elle était une garce. Qu'est-ce que c'était tout ça ?"

J'avale difficilement. Mes deux mains tremblent alors je m'assois dessus.

"Elle a dit... que Cade essayait de la séduire depuis des semaines."

"Quoi!? Connerie!"

"Et qu'il ne s'entend avec moi que parce qu'il veut récupérer son argent."

Misty secoue la tête et pince les lèvres. "Non. Certainement pas. Elle se fout de toi, Sky. Vous ne pouvez pas croire cela, n'est-ce pas ? »

Je ne veux pas. Mais en ce moment, j'ai l'impression que tout mon monde s'effondre autour de moi.

« Elle savait des choses, Misty... »

« Elle savait des choses ? Comme quoi?"

J'avale, ayant l'impression que je pourrais m'étouffer avec ma propre salive. « Comme Cade m'a dit qu'il cherchait un investisseur dans son entreprise afin de pouvoir se développer. Elle l'a mentionné... comme s'il lui avait dit la même chose.

"Cela ne veut pas dire qu'il a essayé de la baiser, Sky", répond-elle. "Peut-être qu'il proposait simplement un investissement commercial."

"Ouais..." dis-je lentement, réfléchissant. "Mais alors pourquoi ne m'a-t-il pas mentionné qu'il lui avait demandé ?"

Misty réfléchit un long moment puis hoche la tête. «C'est vrai...», dit-elle. "Alors, que penses-tu que tu vas faire?"

Je n'ai pas l'habitude que Misty me demande ce que je vais faire. J'ai l'habitude que Misty me dise ce que je dois faire, me donne des conseils qu'elle pense que je devrais suivre.

C'est une situation délicate.

Cade n'est pas le seul à avoir des problèmes d'abandon. Il a perdu ses parents, mais j'ai perdu ma mère. Le perdre maintenant me briserait.

"Sky?" Misty demande à nouveau. "Qu'est-ce que tu vas faire?"

Je la regarde alors que je me dégonfle comme un ballon, me sentant complètement vaincu.

"Je ne sais pas."

Chapitre 10

Il a essayé de la séduire.

La simple pensée de Cade s'adressant à ma tante me donne la nausée alors que je suis allongé dans mon lit, les yeux fixés sur le plafond fissuré et jaune de ma chambre – un plafond que je pensais que j'allais bientôt laisser derrière moi. Mais maintenant, je n'en suis plus si sûr.

Comment a-t-il pu faire ça ? Il n'y a aucun moyen qu'il puisse réellement être attiré par elle. Mais cela rendrait l'histoire de Béatrice vraie : il a effectivement essayé de la faire tomber amoureuse de lui pour pouvoir obtenir son argent. Et cela ferait de lui le plus gros salaud imaginable.

Et ce qui rend les choses encore pire, c'est que je ne m'en suis pas rendu compte en premier lieu.

Comment ai-je pu ne pas le voir ?

Je suppose que c'est pour cela que les sociopathes sont doués, n'est-ce pas ? Mettre des visages différents et manipuler les gens sans regret pour obtenir ce qu'ils veulent.

Mon cœur ressemble à un bloc de glace solide dans ma poitrine.

J'ai envie de l'appeler et de l'interroger comme un policier, mais j'ai peur de ce qu'il pourrait dire. Il pourrait tout nier, mais puis-je seulement le croire ? Et s'il l'admettait carrément ? Et alors ?

Un coup à la porte me donne presque une crise cardiaque.

"Pas maintenant, papa!" J'appelle.

"Es-tu décent?"

"Oui", j'expire. "Mais je ne suis tout simplement pas d'humeur."

« C'est une grande nouvelle, puddin. Puis-je entrer?"

Je soupire. "D'accord, très bien."

Papa ouvre la porte mais reste debout dans le couloir. "Alors, euh... je viens de recevoir des nouvelles assez radicales de ma sœur."

"Oh ouais? Qu'est ce que c'est?" Je demande, sans m'en soucier.

"Eh bien, apparemment, elle vient de se fiancer avec l'un de ses nouveaux jardiniers." La glace autour de mon cœur se brise, envoyant des éclats dans la chair de ma poitrine. Je me mets au lit en état de choc.

"Quoi!?"

"N'est-ce pas?" dit mon père en secouant la tête et en souriant d'incrédulité. « Apparemment, elle vend sa maison et déménage en Californie. Elle part demain. Donc je suppose que nous ne ferons plus de brunch le dimanche, mais nous devrons aller lui rendre visite pour les très grandes vacances... »

« Ouais, c'est super, papa », dis-je, le coupant alors que je prends mon portable. « Écoute, je dois appeler Misty à propos du travail demain. Ça te dérange?"

Papa recule rapidement et tire sur la porte. « Bien sûr, pas du tout, puddin. Je voulais juste vous parler de Béatrice. Je vous laisse faire.

"Merci."

Je me force à sourire alors qu'il recule et appelle instantanément Cade.

Mais ça ne sonne même pas. Un message étrange apparaît indiquant que le numéro a été déconnecté.

"Que diable...?"

J'essaye à nouveau, mais la même chose se produit.

Maintenant, je transpire vraiment.

Cela ne peut pas arriver, n'est-ce pas ? Cade et tante Béatrice fiancés ? Ici, je faisais de mon mieux pour essayer de trouver une sorte de trou dans l'histoire et croire que Cade n'aurait pas pu faire ce que Béatrice disait avoir fait, et maintenant j'apprends de papa qu'elle est fiancée à l'un de ses employés et Le téléphone de Cade est déconnecté.

Pour quelle raison le téléphone serait-il déconnecté à moins qu'il ne m'ait bloqué ou n'ait obtenu un nouveau numéro pour pouvoir me fantôme ?

C'est vraiment un salaud.

Des sensations terrifiantes envahissent mon corps. Mes membres commencent à trembler et je m'effondre sur le lit, laissant mon téléphone glisser entre mes doigts sur le sol alors que les larmes coulent de mes yeux.

Comment a-t-il pu me mentir ainsi ?

Et la cascade ? Je sais quand il m'a regardé – quand il m'a pris, m'a couché sous lui et m'a réclamé – qu'il m'aimait. Je l'ai ressenti de plusieurs manières.

C'était quelque chose de profond dans mon âme. C'était une connexion différente de tout ce que j'avais jamais connu. Et cela n'a fait que se renforcer à chaque instant que j'ai passé avec lui.

Il m'a avoué tellement de choses. Il a tellement partagé. Et tout ce que je ressentais, c'était la vérité. Honnêteté.

Que tout cela n'ait été que mensonges... cela n'a tout simplement aucun sens.

Je regarde les larmes tomber de mes yeux et assombrir le stratifié à mes pieds. J'essaie de rester silencieux, mais je n'y arrive pas. Les sanglots s'étouffent de ma gorge et sortent par mes lèvres, et il ne me faut pas longtemps avant que j'entende le bruit des pas de mon père revenant de l'autre pièce.

"Sky? Chéri?" Il frappe mais n'attend même pas avant d'entrer. Il me voit pleurer et s'approche instantanément de moi et passe un bras autour de moi pour me réconforter. « Puddin', qu'est-ce qui ne va pas ? Qu'a dit Misty ? Vous a-t-elle viré ?

Je dois rire à travers mes larmes en secouant la tête.

« Non, papa. Je suis désolé. J'ai menti. Je n'avais pas besoin de parler à Misty.

« Vous ne l'avez pas fait ? Alors, que s'est-il passé ?

"J'ai–j'ai quelque chose à te dire, papa," dis-je lentement. "Et je ne sais pas si tu vas être en colère contre moi ou non."

Papa rigole et utilise son pouce pour essuyer mes larmes.

« Ne t'inquiète pas, puddin. Je ne serai pas en colère. Dites-moi simplement ce qui s'est passé et qui vous a tous énervé.

Je prends une profonde inspiration et essaie de me ressaisir, écartant les images de Béatrice et Cade dans un avion pour la Californie ensemble ou dans son manoir en ce moment, les mains l'une sur l'autre.

«Cet ouvrier avec qui tante Béatrice est fiancée...» Ces mots sont comme du poison qui sort de mes lèvres. Je prends une profonde inspiration qui donne l'impression que des clous pénètrent dans mes poumons. "Je le vois depuis quelques semaines maintenant."

Mon père me regarde, choqué. "Quoi? Quel gars?"

« Un des gars de son équipe de pelouse. Il s'appelle Cade. Je soupire, retenant d'autres larmes. "En fait, il possède l'entreprise."

"Pourquoi ne m'en as-tu pas parlé, Sky?"

"J'aurais dû", je gémis en me tenant la tête entre mes mains. «Mais après ce que Béatrice m'a dit...»

Ma voix s'estompe lorsque je repense à ce jour où Cade et moi nous sommes rencontrés pour la première fois, où ma tante m'a rappelé à la maison et m'a mis son doigt en colère devant le visage et m'a appelé un salope et m'a dit de rester loin de lui puis m'a claqué la porte au nez.

Même maintenant, je peux encore sentir le frisson me parcourir le dos à cause du choc et de la peur que cela m'a fait ressentir.

"Qu'est-ce qu'elle t'a dit, puddin'?" demande mon père.

Il tient tellement à moi. Je n'aurais jamais dû lui cacher ça. Pourquoi suis-je si idiot ?

«Je suis désolé, papa. Je vais tout vous dire.

Et avec une autre respiration profonde et douloureuse, je recommence depuis le début.

Je commence par le jour où j'ai rencontré Cade pour la première fois. Je lui raconte comment Béatrice a réagi et je continue avec Cade qui se faufile par ma fenêtre (je laisse de côté les détails de ce qui s'est passé à l'arrière de son camion, bien sûr), jusqu'à notre « rendez-vous

» à la cascade (encore une fois en laissant de côté le détails), il m'a demandé de venir vivre avec lui et comment j'étais prêt à partir jusqu'à ce que tante Béatrice entre dans le salon de tatouage et dise ce qu'elle a dit.

"Je ne savais pas si elle me mentait ou non", j'explique. «Mais elle a présenté un argument assez convaincant. Et elle savait des choses qu'il avait dites et qui le faisaient paraître plutôt louche.

"Alors tu penses qu'il voulait juste s'installer avec toi pour l'argent de ma sœur ?"

Je hausse les épaules, sentant le désespoir revenir avec vengeance.

"Je ne voulais pas y croire, mais ensuite tu viens ici et tu me dis que Béatrice est fiancée à l'un de ses employés et qu'elle déménage en Californie, et je vais appeler Cade, et son numéro revient juste déconnecté... quoi suis-je censé croire ?

Mon père hoche lentement la tête, ses yeux allant et venant, cherchant une autre issue possible à ce qui pourrait se passer et qu'il pourrait me fournir et qui me sortirait de ce gouffre d'angoisse dans lequel je suis tombé.

Mais alors qu'il se retourne vers moi, je vois qu'il n'en a pas.

"Je suis vraiment désolé, puddin'." Mon cœur se serre dans mon ventre. Les larmes coulent de mes yeux alors que mon monde entier se brise. "Mais peut-être que ce type n'était tout simplement pas celui que vous pensiez qu'il était."

Chapitre 11

Je me réveille dans l'obscurité, me sentant creux et froid. Je lève les yeux, m'attendant à voir le clair de lune souligner les fissures du plafond comme c'est toujours le cas, mais à la place, je vois le contour d'une silhouette se tenant au-dessus de moi.

J'essaie de crier, mais une main rugueuse se presse sur ma bouche, étouffant mon cri.

Je suis sur le point de paniquer, mais je reconnais ensuite l'odeur. Cade.

"C'est juste moi, mon ange", murmure-t-il. « Ne faites pas trop de bruit. Ton père dort dans sa chambre.

Que fait-il ici ? Mon cœur s'emballe à cause du choc de la peur, et l'adrénaline traverse mon corps à cause de la peur, mais il retire lentement sa main de ma bouche et m'enveloppe dans ses bras. Je ne sais pas comment réagir ni ce qui se passe, donc mon corps reste tendu.

Je déteste ressentir ça avec lui. Je devrais me sentir chaleureuse et heureuse dans son étreinte. Au lieu de cela, j'ai l'impression que Cade est un intrus dans ma maison – dans ma chambre, qui est mon espace sacré destiné uniquement à moi.

Il y a peut-être eu un moment où j'aurais été heureux de l'inviter, mais ce n'est pas le moment maintenant. En ce moment, l'avoir ici me semble mal.

"C'est quoi ce bordel, Cade ?" Je siffle. « Vous ne pouvez pas vous faufiler ici pendant que je dors ! Vous ne pouvez pas frapper à la fenêtre ? Vous ne pouvez pas appeler ?

"D'accord, j'ai frappé à la fenêtre", répond-il, un petit sourire narquois sur le visage. J'essaie d'ignorer à quel point il est beau. « Mais tu dors comme un roc, tu sais ça ? Et j'ai perdu mon téléphone et je n'ai pas mémorisé ton numéro, d'accord ? Maintenant, pouvons-nous simplement sortir et parler avant de réveiller ton père, s'il te plaît ?

Ce qu'il dit a du sens, mais je suis aussi toujours boudeur et bouleversé, alors je le regarde pendant un moment jusqu'à ce qu'il me demande à nouveau.

"S'il te plaît, mon ange ?"

"Très bien", je réponds. « Je vous donne deux minutes. Et ne m'appelle pas ange. Vous avez beaucoup d'explications à faire.

"Très bien", dit-il en se glissant facilement par la fenêtre et dehors.

Il tend les bras pour m'aider. J'ai désespérément envie de refuser et de me débrouiller toute seule, mais c'est trop haut et je ne veux pas trébucher et me ridiculiser, alors je le laisse me prendre par la taille avec ses énormes mains et m'abaisser au sol .

Je déteste le fait que j'aime aussi être malmené par lui. Je suis censé être en colère contre lui. Je suis censé le détester. Cet homme m'a menti. Il a séduit ma tante, il l'épouse et déménage avec elle en Californie. Je ne sais même pas pourquoi je lui parle ni pourquoi il est là pour me parler.

Tout cela n'est qu'une énorme merde.

Je m'éloigne rapidement de lui vers les arbres où papa ne nous entendra pas, puis je me tourne pour lui faire face.

"Eh bien, je suppose que quelques félicitations s'imposent."

Il fronce les sourcils. "Toutes nos félicitations?"

"Sur vos fiançailles."

Son froncement de sourcils s'accentue et il penche la tête sur le côté. "Fiançailles? À qui?"

« Ne fais pas l'idiot avec moi, Cade. Dis-moi juste ce que tu veux pour qu'on puisse en finir avec ça. Vos deux minutes s'écoulent. Il ne vous reste probablement plus qu'une minute et demie maintenant.

Cade secoue la tête, confus. « Attends, de quoi tu parles, Sky ? Fiancé à qui ?

"Ma tante, connard!" Je laisse échapper. « Ne fais pas l'idiot avec moi. Je sais tout ça ! Elle m'a raconté comment tu essayais de la séduire et mon père vient de me dire ce soir que vous êtes fiancés et que vous déménagez en Californie demain ! »

"Oh, mon Dieu..." gémit Cade en mettant ses mains sur sa tête. "J'espérais pouvoir te joindre avant elle."

"Tu sais, tu m'as vraiment fait croire que tu m'aimais, Cade," je crie, sentant les larmes couler de mes yeux une fois de plus. "Je t'ai laissé être mon premier, et tout ce temps tu m'utilisais juste pour l'argent de ma tante..."

Cade se précipite et m'entoure de ses bras. Je lutte contre lui, mais il est beaucoup trop fort. C'est sans espoir. C'est comme lutter contre des chaînes de fer.

« Ne dis pas ça, Sky ! Ne dis pas ça ! dit-il, sa voix douce et basse, contrastant avec son immense force. "Je t'aime vraiment. Je t'aime de tout mon coeur. Tout ce que ta tante t'a dit, à ton père, ce n'est que des conneries ! »

"Ne me mens pas!" Je pleure.

« Ce n'est pas le cas, Sky ! Je ne te mentirais jamais, mon doux petit ange.

« Tu es fiancé avec elle ! Tu pars pour la Californie demain ! » Je sanglote, sentant chaque fibre de mon corps s'effondrer et mon cœur se dégonfler.

« Ce n'est pas le cas, Sky. Je ne vais nulpart."

"J'ai essayé de t'appeler!" Je gémis alors que les larmes trempent mes joues. « Votre téléphone a été déconnecté. Ou tu m'as bloqué ou quelque chose comme ça.

"Mon téléphone a disparu", explique Cade. «Je suis presque sûr que Béatrice l'a volé lorsqu'elle m'a appelé chez elle. Je ne l'ai pas trouvé, alors j'ai eu ceci.

Il fouille dans sa poche, en sort un nouveau téléphone et le glisse dans ma main.

"Je veux que tu prennes ça et que tu appelles ton téléphone pour que j'aie ton numéro, d'accord ?"

Le monde entier ressemble à une tornade de feu et de glace. Je ne sais plus quoi croire, mais il y a une lueur d'espoir dans ma poitrine qui n'était pas là il y a quelques instants. Je le regarde dans les yeux et me permets d'y voir quelque chose – la façon dont il me regardait qui m'a toujours fait me sentir aimé – comme si c'était l'homme avec qui j'étais censé être.

Mais il lui reste encore beaucoup d'explications à faire.

Je prends le téléphone, compose mon numéro et le lui rends.

"Ma tante a dit que tu l'avais vue nue. Est-ce vrai ?"

Cade gémit. Je connais déjà la réponse avant qu'il ne réponde. "Ouais." Il hoche la tête. Mon estomac se noue alors que je commence à imaginer tous les scénarios possibles qui auraient pu conduire à ce que cela se produise.

"Mais ce n'est pas ce que tu penses."

"Eh bien, qu'est-ce qu'il y a, alors ?"

"Elle m'a demandé de venir dans la maison pour réparer un tuyau dont je suis sûr à quatre-vingt-dix-neuf pour cent qu'elle avait fait en sorte qu'elle fuit, et quand je me suis retourné, elle avait laissé tomber sa robe."

"Putain, tu plaisantes ?" Je halete.

"Non." Il secoue la tête. «Sky, ta tante essaie de me draguer depuis un moment maintenant. C'est pourquoi j'ai déplacé tout mon travail à la périphérie de sa propriété et j'ai demandé aux autres gars de travailler à proximité de la maison – pour qu'elle n'ait plus la chance de me retrouver seule.

Cette lueur d'espoir commence à grandir en moi.

Je vois tout à fait Béatrice se comporter de cette façon, surtout après notre rencontre lorsqu'elle m'a dit de rester loin de Cade et m'a claqué la porte au nez.

"Tu as dit qu'elle t'avait appelé chez elle ?" Je demande.

Cade hoche la tête. « Elle déménage en Californie. Elle a acheté une maison et m'a proposé de tripler mon salaire pour déménager avec elle et devenir son entretenir la pelouse à domicile.

"Quoi? Et que lui as-tu dit ?

"Je lui ai dit que je ne pouvais pas faire ça, mais que je resterais volontiers ici et entretiendrais cette maison pendant son absence."

Cela pourrait-il être vrai ?

Ce que dit Cade pourrait-il être ce qui s'est réellement passé ?

Je le regarde et sens le flux de mes larmes ralentir, le rythme de mon cœur ralentit.

"Alors... tu n'as pas essayé de séduire ma tante ?" Je demande, mes lèvres tremblantes alors que les mots les traversent.

Cade rit tendrement et passe ses doigts calleux dans mes cheveux. Mon corps prend vie alors qu'il caresse mon cuir chevelu.

"Jamais. Je t'aime, Sky. Tu es mon ange. Il n'y a aucune autre femme sur toute cette Terre avec qui je préférerais être. Et voilà à nouveau les larmes. « En fait, ce n'était pas juste pour éclaircir toutes ces conneries que ta tante disait que je suis venu ici ce soir. Il y avait une autre raison... »

Cade prend ma main dans la sienne et se met à genoux.

Mon cœur fait presque un bond hors de ma poitrine.

"Qu'est-ce que tu fais ?"

Il fouille dans sa poche et en sort une petite boîte en velours bleu. Je halete et me couvre la bouche avec mon autre main.

Est-ce que cela se produit sérieusement en ce moment ? Je suis en pyjama au milieu d'un parc à roulottes !

Il ouvre la boîte et révèle la bague : en or blanc avec un diamant de taille parfaite, taillé avec la bonne forme comme si j'étais là pour la choisir avec lui quand il l'a achetée.

J'adore ça.

"Skylar, veux-tu m'épouser ?"

L'air est électrique. Je ne peux pas parler. Un moment passe alors que je regarde l'homme magnifique devant moi, agenouillé avec ma main dans la sienne et une bague tendue vers moi, son visage rempli d'un amour auquel je crois pleinement.

"Tu sais que si je t'épouse, ma tante ne me laissera pas un centime, n'est-ce pas ?" Je demande.

Cade sourit. "Tu sais que je m'en fiche, n'est-ce pas ?"

Et puis ça me frappe. Une révélation dans ma poitrine à laquelle je n'aurais jamais dû prendre autant de temps pour m'y connecter pleinement.

«Je sais», dis-je, si heureux de pouvoir prononcer ces mots.

"Alors c'est un oui ?" il demande.

Je suis sur le point de parler, mais avant de pouvoir le faire, j'entends le bruit des pneus qui crissent et je tourne pour voir des phares hurlants se précipiter vers moi. Cade se lève rapidement et m'écarte alors qu'une Mercedes G-Wagon passe devant nous et s'arrête à quelques mètres de l'endroit où nous nous trouvions.

"Est-ce-?"

La porte s'ouvre et ma tante Béatrice saute dehors, ses cheveux complètement crépus et ses vêtements en ruine comme je ne l'ai jamais vue auparavant. Elle marche vers nous deux, me pointant du doigt comme la dernière fois qu'elle m'a menacé.

"Oh, je le savais!" » crie-t-elle, sa voix ressemble à celle d'un vautour hurlant. « Tu ne m'as pas refusé parce que tu voulais rester ici. Tu m'as refusé à cause d'elle !

"Béatrice, tu devrais peut-être te calmer..." commence à dire Cade, mais Béatrice tourne les yeux vers moi.

"Et toi! Espèce de petite salope. Je t'ai dit de rester loin de lui !

Elle me précipite comme si elle allait m'attraper et m'étrangler, mais Cade s'interpose, attrape ses deux poignets et les épingle derrière son dos.

« Facile là-bas. Facile », dit-il. « Calmons-nous. »

"Qu'est-ce qui se passe ici !?" Je me retourne et vois mon père sortir de la caravane et j'aimerais pouvoir me réduire à une version de moi-même au format Lego et me cacher jusqu'à ce que tout soit fini.

« Salut, M. Parks ! » » appelle Cade, faisant de son mieux pour être un gentleman tout en gardant ma tante folle à distance. « Juste une petite situation ici. Peut-être pourriez-vous m'aider ?

Mon père a l'air complètement choqué alors qu'il court rapidement et prend ma tante des mains de Cade et s'accroche à l'un de ses poignets.

"Béatrice, qu'est-ce que tu fais?"

"Elle a essayé de nous écraser, papa!" Je crie. "Elle a perdu la tête!"

Béatrice essaie de s'arracher à l'emprise de papa, mais elle n'est pas assez forte pour faire une chose pareille. Il s'accroche alors qu'elle hurle à nouveau, hurlant comme une banshee alors que les lumières extérieures du parc à roulottes s'allument.

"Elle me l'a volé!" siffle-t-elle en me pointant du doigt. « Ta putain de fille !

Cade lui rend son regard, vaillant et posé, comme si rien ne pouvait le briser.

«Personne ne m'a volé, Béatrice. Je n'ai jamais été à toi pour voler. Je sens mon cœur fondre alors qu'il enveloppe ma main dans la sienne et la tient fermement. Il se retourne et pose ses beaux yeux sur moi. "Mon cœur lui appartient."

« Vous allez le regretter », gronde Béatrice. "Vous deux!"

J'entends des voix feutrées derrière nous. On en parlera partout dans le parc demain matin.

«Je pense qu'il est temps que tu partes, Béatrice», dit calmement mon père. "Avant que quelqu'un décide d'appeler la police."

Il la relâche et je fais un pas en arrière, me protégeant derrière mon grand et beau guerrier. Mais à ma grande surprise, Béatrice ne se précipite pas sur moi. Elle cherche de l'air et nous regarde tous avec dégoût.

« Des paysans », ricane-t-elle. « Vous obtiendrez ce que vous méritez. Ce qui n'est rien !

"Nous n'avons pas besoin de votre argent!" Je reviens. "Nous n'en voulons pas!"

"Bien!" elle crie. "Parce que tu n'auras pas un centime !"

Et sur ce, elle saute dans sa voiture, appuie sur l'accélérateur et lance des pierres alors qu'elle s'éloigne.

Nous regardons tous jusqu'à ce qu'elle soit partie. Ce n'est qu'alors que la tension se dissipe complètement de l'air.

"Eh bien, c'était excitant!" dit mon père en riant, en se dirigeant vers Cade et moi.

"C'est une façon de dire les choses", je soupire.

Je me retourne pour regarder Cade et vois qu'il tient la boîte à bagues dans sa main. Mon cœur fait un bond lorsque je me souviens de l'endroit où nous étions lorsque ma tante est arrivée ici comme un missile.

"Euh, papa?" Dis-je en me retournant. « Pourriez-vous nous donner une minute, à Cade et à moi ? »

Il s'arrête net et me regarde, et je lui lance le regard que seules les filles et leurs pères comprennent, lui faisant savoir qu'il doit partir parce que c'est une de ces choses privées pour lesquelles j'ai juste besoin d'un peu d'espace.

« Oh, bien sûr, du pudding. Je vais juste... être à l'intérieur quand tu auras besoin de moi.

Il sourit et s'éloigne rapidement, me laissant avec Cade, qui fait un merveilleux travail pour se tenir debout. Je suis sûr que ce n'est pas ce qu'il avait en tête lorsqu'il est venu ici ce soir pour proposer.

"Donc." Je souris. "Où étions nous?"

Cade sourit et se remet à genoux. Il ouvre à nouveau la boîte et me montre la bague, et tout en moi s'illumine.

Mon pouls s'accélère, mon cœur se réchauffe et commence à s'emballer, et je sens mes joues commencer à rougir.

Je n'arrive pas à croire que cela se produise réellement.

« Skylar Parks », dit-il doucement. "Je t'aime tellement. Je ne suis pas écrivain ; Je suis juste un gars qui travaille de ses mains pour gagner sa vie, donc je ne sais pas comment exprimer avec des mots à quel point je tiens à toi. Mais si tu me laisses mettre cette bague à ton doigt, je te promets que je passerai le reste de ma vie à te montrer à quel point tu comptes pour moi.

Voici à nouveau les larmes.

Quelqu'un de l'autre côté du parc hulule, et bien que mon père ait dit qu'il allait entrer, je n'ai pas entendu la porte se fermer – je suis presque sûr qu'il regarde depuis les marches.

« Veux-tu m'épouser, Sky ?

J'étouffe un sanglot joyeux alors que mon corps a l'impression de décoller et de s'envoler dans le Sky.

Je souris, hoche la tête et tends la main.

"Oui!"

ÉPILOGUE

CADE

Six ans plus tard...

Mes yeux sont rivés sur le corps nu de ma femme alors qu'elle se tient près de la fenêtre, regardant le soleil couchant. Le doux jazz de sa playlist du soir fredonne doucement en arrière-plan, mais mon attention est entièrement tournée vers elle, comme toujours.

Je ne me remettrai jamais de sa beauté, de ses courbes, de ses lèvres féminines qui m'ont donné mon beau garçon, qui aura deux ans en mars.

Nous n'étions fiancés que six mois avant que je l'épouse. Je ne pouvais tout simplement pas m'en empêcher. Je devais l'avoir. Je devais mettre cet anneau doré à son doigt et faire savoir au monde entier qu'elle était à moi. Et bon sang, elle était fière de le porter.

Béatrice m'a viré, bien sûr, et ça me convenait. En fait, cela m'a permis de faire davantage d'affaires dans la région. Il s'avère que Béatrice n'est pas vraiment populaire auprès de ses voisins, et le fait que je travaille pour elle dissuade les gens de faire affaire avec moi. Une fois qu'elle est partie, le travail a commencé à affluer.

Avec l'argent supplémentaire, j'ai pu envoyer Sky à l'école d'art comme elle en avait rêvé.

Au début, elle ne voulait pas me laisser faire. Elle n'arrêtait pas de me répéter d'investir dans le développement de mon entreprise, mais je lui ai répondu qu'investir dans ma femme et ma famille était bien plus important. Et après environ une semaine, elle a cédé. Quatre ans plus tard, elle a obtenu son diplôme. Je n'ai jamais été aussi fier. C'est le jour de sa remise des diplômes que je l'ai mise enceinte de Billy.

Elle a ouvert son propre salon avec Misty et l'a appelé The Black Hamster après que je lui ai dit qu'elle ressemblait à un mignon petit hamster quand elle venait. Je pense toujours à quel point il est drôle de voir combien de personnes entrent et sortent de cet endroit chaque jour sans avoir la moindre idée d'où cet endroit tire son nom.

Elle m'a même fait mon premier et unique tatouage : ses initiales sur la peau entre mon pouce et mon index. Ensuite, elle et Misty m'ont conseillé de tatouer le mien au même endroit sur sa main, même si je n'ai pas honte d'admettre que le sien s'en sort bien mieux que le mien.

J'ai développé mon entreprise à mesure que le travail continuait de croître. J'ai deux autres camions et six autres gars qui travaillent pour moi. Je continue à travailler, mais moins maintenant avec le petit Billy dont je dois m'occuper.

En fait, l'entreprise s'est tellement développée que j'ai réussi à recruter le père de Skylar comme associé pour m'aider à gérer les choses et à assumer bon nombre de mes responsabilités pendant que j'assume davantage le rôle de père et de mari. Son nouveau salaire amélioré lui a permis de quitter le parc à roulottes et de verser un acompte pour une maison de ce côté de la ville.

On peut dire sans se tromper que fondamentalement, tout dans nos vies est en plein essor en ce moment et ne montre aucun signe d'arrêt.

"Tu viens te coucher ?" Je demande à ma femme. "Ou est-ce que tu essaies juste de m'exciter le plus possible en restant là sans vêtements pour toujours ?"

Sky se tourne vers moi et me sourit méchamment par-dessus son épaule.

"Est-ce que je t'excite, papa?" elle demande.

Je descends sous les draps et saisis ma bite, qui est déjà gonflée et épaisse.

"Toujours."

Elle se retourne complètement, s'exposant pleinement, me donnant une vue sur ses seins dodus et sa chatte fraîchement épilée. Elle a pris au moins une taille de bonnet pendant sa grossesse, et même si elle a peut-être perdu le reste du poids après l'accouchement, cette taille de poitrine supplémentaire n'a pas abouti. Elle est encore plus occupée qu'elle ne l'était lorsque nous nous sommes rencontrés, et cela veut dire quelque chose.

Elle sait que j'aime la regarder et elle balance lentement ses hanches pendant qu'elle remonte ses mains le long de ses cuisses, puis de sa taille jusqu'à sa poitrine.

Mon Dieu, les choses qu'elle me fait.

«Viens ici», lui dis-je.

"Tu veux que je vienne là-bas?" » demande-t-elle en me mordant la lèvre, faisant semblant d'être tellement innocente. J'acquiesce et elle continue de me taquiner.

"Pourquoi ne m'obliges-tu pas alors, papa?"

Je souris alors que ma bite gonfle à pleine attention. Nous sommes peut-être des adultes responsables, des propriétaires d'entreprise et de bons parents, mais nous sommes aussi des dégénérés en ce qui concerne notre comportement au lit.

Je m'assois et la regarde, affichant mon visage de disciplinaire. Je claque des doigts et montre le lit.

"Sky! Ne me désobéis pas, dis-je d'une voix sévère et ferme. « Quand ton papa te dit de faire quelque chose, tu le fais ! Maintenant, viens par ici !

Les yeux de Sky s'illuminent, elle penche la tête vers le bas et me regarde comme si je venais de l'hypnotiser avec mes mots.

"Oui, papa", répond-elle, sa voix sensuelle alors qu'elle se dirige vers le lit, balançant ses hanches à chaque pas. "Je ne voulais pas te désobéir."

"Ouais, eh bien, c'est ce que tu faisais," répondis-je en l'attrapant par la taille et en la jetant sur mes genoux. Sous cet angle, je vois sa jolie chatte, encadrée par ses fesses et l'intérieur de ses cuisses, ressemblant à une pêche juteuse, déjà dégoulinante de son excitation. Il n'y a pas de vue plus sexy sur Sky, et ma bite crie pour être en elle.

"Et tu sais ce qui arrive quand tu désobéis à ton papa, n'est-ce pas, Sky ?"

Avant qu'elle puisse répondre, je lui donne une violente fessée sur la joue gauche, laissant une jolie marque rouge sur sa peau. Elle gémit et crie, serrant ma jambe à deux mains.

Un comportement dans lequel je ne savais même pas que j'étais jusqu'à ce que je rencontre Sky... et maintenant regarde-moi.

"N'est-ce pas, Sky !?" Je demande à nouveau en élevant la voix.

Je lui donne encore une fessée, cette fois sur l'autre joue.

"Oui papa!" elle crie.

Je la hisse facilement dans les airs et la jette sur le dos. Ses jambes écartées, suppliant que ma bite remplisse sa chatte déjà trempée et prête qui me met l'eau à la bouche comme l'animal que je suis.

Je déchire presque mon boxer en lambeaux pour l'enlever pendant que je la monte.

J'observe le tremblement de son corps lorsque je la pénètre. C'est toujours là. Peu importe combien de fois ma femme prend ma bite, elle ne s'habituera jamais à son épaisseur, tout comme je ne m'habituerai jamais à la façon dont elle se sent serrée et incroyable. Nous sommes parfaitement assortis l'un à l'autre.

Son parfum remplit mes poumons alors que j'inspire profondément, déplaçant mes lèvres sur ses seins, suçant doucement chaque mamelon puis m'embrassant le long de son cou jusqu'à ce que je trouve ses lèvres.

"Baise-moi, papa", gémit-elle alors que je pousse plus fort, plus vite, plus profondément. "Juste comme ça. Baise ta vilaine petite fille."

"Es-tu une vilaine petite fille pour papa?" Je demande. Elle hoche la tête et recule ses hanches contre moi alors que sa chatte se serre sur ma bite, se contractant alors que le plaisir la traverse. "Tu aimes la grosse bite de papa?"

« Tellement », gémit-elle. "Alors, tellement..."

Mes doigts se faufilent dans ses cheveux alors que je la rapproche de moi, l'emmaillotant pour que nos corps se serrent fermement alors que je m'enfonce plus profondément en elle, la couronne de ma bite impactant son col à chaque poussée.

Elle jette ses bras autour de moi et s'accroche à sa chère vie. Je sais que son apogée arrive. Je peux lire ses mouvements, son langage corporel. Je peux l'entendre dans sa respiration. Je peux le voir sur son visage.

"Viens pour papa", je murmure dans sa bouche, sentant la chaleur de son souffle contre mes lèvres. "Et je te donnerai mon sperme."

"Vous serez?"

"Si tu es une bonne fille pour papa et viens," je réponds. "Peux-tu faire ça?"

Elle hoche vigoureusement la tête, juste au bord. "O-oui, papa. Je peux!"

Les jambes de Sky se serrent autour de ma taille alors que son orgasme la prend. C'est toujours l'expression de son apogée qui me fait jouir, et cette fois ce n'est pas différent.

Le son de son gémissement et la sensation de sa chatte juteuse se serrant sur mon manche me font partir. Ma bite explose, tirant coup après coup de ma graine chaude et collante dans son trou, recouvrant ses parois.

C'est beaucoup. Je peux le sentir déjà couler d'elle et sur les draps. Je suppose que j'aurais dû avoir une serviette, mais qui s'en soucie vraiment ?

Nous chevauchons ensemble le bonheur jusqu'à ce que finalement j'entende le changement dans sa respiration et que je sens ses muscles commencer à se détendre. Je glisse lentement hors d'elle et nous roulons sur le côté. J'écarte les cheveux de son visage et la regarde, la plus belle femme du monde, que j'ai tellement de chance d'avoir dans mon lit, portant les bagues que je lui ai offertes.

Sky, la mère de mon enfant. Ma femme.

"Je t'aime tellement," dis-je. "Tu le sais?"

Rien que de repenser à ce premier jour chez Béatrice et à notre première rencontre fortuite, il est difficile de croire tout le chemin parcouru depuis.

Elle sourit et hoche lentement la tête. « Je le sais. Et je t'aime. Sais-tu cela?"

J'acquiesce et ris. "Bien sûr, mon ange."

Je me penche et couvre ses lèvres avec les miennes, pressant mon amour dans sa bouche avec un profond baiser.

« Qu'en penses-tu, mon ange ? Devrions-nous avoir un autre bébé ? Sky me regarde, un regard malicieux dans les yeux.

"Quoi?" Je demande. "Qu'est-ce que ça veut dire ?"

"Eh bien, c'est drôle que tu demandes ça, papa. Parce que je pense vraiment que toi et moi sommes sur la même longueur d'onde.

"Oh? Vous pensez la même chose ?

Sky hoche la tête et passe sa main sur mon ventre, traçant les lignes de mes pectoraux.

"Je ne me contente pas d'y penser", dit-elle lentement. "En fait, j'ai été un peu une vilaine fille, papa."

Confus, je penche la tête sur le côté. "Qu'est-ce que ça veut dire ?"

"Eh bien... j'ai arrêté de prendre mon contraceptif il y a sept semaines, papa," dit Sky avec un petit sourire espiègle. "Et je suis enceinte."

Mon cœur fait un bond et ma mâchoire tombe.

Je lui fais un coup de nez ludique, suivi d'un baiser.

« C'est méchant ! Mais tu as lu dans mes pensées, n'est-ce pas ?

Sky hausse les épaules et rit de manière ludique. "Tu sais, je sais toujours ce que veut mon père."

Je me penche et l'embrasse à nouveau. "Et c'est pourquoi je t'aime."

Et huit mois plus tard, nous avons accueilli une petite fille dans notre famille.

La fin!

Don't miss out!

Visit the website below and you can sign up to receive emails whenever Père Lolo publishes a new book. There's no charge and no obligation.

https://books2read.com/r/B-A-WAWIB-MPEHD

BOOKS 2 READ

Connecting independent readers to independent writers.

Did you love *Réclamer sa Propriété*? Then you should read *Le Passager Clandestin*[1] by Père Lolo!

Voler un billet de première classe était un risque, mais je ne pouvais pas me permettre de ne pas le prendre. Dans le pire des cas, je resterais en prison à l'aéroport pendant un moment, puis je réessayerais, n'est-ce pas ?

Faux.

L'homme que j'ai volé n'est pas n'importe quel passager de première classe. Il s'avère qu'il possède toute la foutue compagnie aérienne.

Et maintenant, il me possède.

Pendant les dix-huit heures suivantes, je gagne mon passage à travers des punitions humiliantes qui me laissent en redemander. Et

---

1. https://books2read.com/u/m0JyqY

2. https://books2read.com/u/m0JyqY

l'espace d'un instant, je me permets de croire que ça ne finira pas quand nous atterrirons à Tahiti.

Mais je ne peux aller nulle part où mon passé ne me trouvera pas, et quand il le fera, papa est le seul à pouvoir me sauver.

La seule question est : aura-t-il toujours envie de moi une fois qu'il aura appris la vérité sur les raisons pour lesquelles j'ai couru ?

Also by Père Lolo

Échos de passion
Une épouse pour un milliardaire
Le Passager Clandestin
Mauvais avec l'amour
Steve du Nouvel An
Ma Violente Valentine
La Déesse de l'île
Réclamer sa Propriété